U0921755

定风草

潘浩泉 著

漓江出版社
桂林

图书在版编目(CIP)数据

定风草 / 潘浩泉 著. —桂林：漓江出版社，2023.8
ISBN 978-7-5407-9501-6

Ⅰ. ①定… Ⅱ. ①潘… Ⅲ. ①散文—中国—当代
Ⅳ. ① I267

中国国家版本馆 CIP 数据核字(2023)第 144175 号

定风草(Ding Feng Cao)

作　　者：潘浩泉

出 版 人：刘迪才
责任编辑：王　坤
特约编辑：长　岛
封面设计：马海云
责任监印：张　璐
图片摄影：文　剑

出版发行：漓江出版社有限公司
社　　址：广西桂林市南环路 22 号
邮　　编：541002
发行电话：010-85891290　0773-2582200
邮购热线：0773-2582200
网　　址：www. lijiangbooks.com
微信公众号：lijiangpress

印　　制：苏州市越洋印刷有限公司
(江苏省苏州市越溪街道南官渡路 20 号　　邮政编码：215104)
开　　本：880 mm×1230 mm　1/32
印　　张：6.5
字　　数：95 千字
版　　次：2023 年 8 月第 1 版
印　　次：2023 年 8 月第 1 次印刷
书　　号：ISBN 978-7-5407-9501-6
定　　价：38.00 元

自 序

出事那年，我七十在望了。

我用手记记叙伤痛、挣扎和前行。

苦难像学校，我们不得不学习重新做人。

我从手记中挑选一部分，出版成书，给人世留份应试的答卷——关于生死、困境和自我救赎。向关心和扶助我的人致以深深的谢忱。

已矣余生无报答，
又将呜咽写为诗。

除夕黄昏，天一点一点地暗下来。鞭炮越来越响了。

我躲进房间，闭门关窗，面对漆黑的电视屏幕枯坐，似乎在守岁。

民间有说法，屈死的人，灵魂不会远去的。我又似乎在守他。

因病而亡，那种寿终正寝，可以画句号，有的还是圆圆的句号。突然且又出于不慎的伤亡，不仅画句号，而且还跟着一连串的问号和惊叹号，令人无法接受，却不得不接受。

路路和米米回来拜年，以往一行三人，今年只剩她们母女，少了他了。

以往拜年，穿得新堂堂。今朝路路穿黑衣，米米的羽绒服是灰白色的格子，都是冷冷的，旧的。

我忘了替她们买新衣了。往年无须我买，今年倒是该由我买的，毕竟过年了。

唉，回首平生，我对路路是负疚的，几件大事全是负疚的……我不想写了，也写不动了。

“死生亦大矣！”

庄子把死放在生的前头，自有道理，比起生来，死显得沉重，神秘，更令人敬畏。

袁宏道把人的活法分四种。至于人的死法，尚无人总结，通常的简单概括：正常与非正常而已。正常死亡，大体相似；非正常死亡，各有各的不同，但都难免意外和惨烈。

心里难受，我就朝窗外的小河看看。

一年前，河边的泡桐突然死了。

我喜欢泡桐。它清明前夕开花，花色淡紫，渐渐泛白，宛如一盏硕大的灯。谷雨一过花就落了。落地会有声的，夜半醒来，往往听得见“噗”——一个响吻，那夜色也就芬芳了。

其实，我更欣赏泡桐叶子。花谢了，叶才吐芽。那繁花只是叶子亮相的锣鼓。叶色草绿，风吹摇曳，看不厌的。倘若风狂了，玩摇滚，那音韵堪称天籁，画面恰似魔方变幻无穷。一到仲秋，叶子厚了，晃呀晃的，也像果实似的。过了小雪，它还不肯落下来，即使落了，还是绿色。有几回落在我肩上，像拍了一记，逗我一乐。

我常跟泡桐隔窗相望。最初，只图养养眼睛；后来，有了心事，蓦然发现，它似乎一直站在那里等候，霎时有了感应。我朝它凝视，也算倾诉了。久而久之，便觉得它一枝一叶总关情，总有意的，当然，只能悟了。假如译成文字，有时是“忍”，有时是“淡”，有时为“知止”，有时为“达观”——都是我真心信奉却又践行不足的箴言。好在它从不计较我的修为，只是点化。

令人痛惜的是，泡桐死了。

从此，鸟儿在它枝头落脚，眨眼工夫就飞了。只有成群结队的蚂蚁沿树干爬上爬下，日复一日，好像为它系上一道道黑纱，举行漫长的葬礼。

然而，泡桐又似乎没死。它旁边蹿出一棵嫩苗，只有手指粗，叶子却大如荷叶，张扬复生的狂喜。

树毕竟是树。

我们去李冬昀家拜年，每年只去他家登门拜年。

1962 年，他任生祠文化站长。是他把我从失学失业的苦水里救出来，带在身边，做他的助手。他是我的贵人，又像兄长。

我曾经在他面前哭过两回：一是因恋爱，一是因家事。这回我也想在他面前哭一哭，他却不在了。

庞余亮常来看我。今朝送了两只乌龟，老家带来的，说它大补元气。

自从他来靖江工作，我们结下缘分。他才华横溢，令人羡慕，值得学习。

那年我写《幸福花决心要在尘土里开》，常跟他切磋。小说写到一半，病了，不得不住进医院。有一天，我在病房走廊踱步，无意中发现远处的老楼是余亮租住的，反复打量周围的道路和建筑，确认没错，心里一热，就像见到余亮了。他参加一个笔会去了。我掰着指头算算，几天之后他才能回来。我未必希望他来看我，却愿他如期而归。于是，我每天都要站在那里朝北眺望，盯住他家晾在阳台的衣服看了又看，看其中可有他的，就像在苍茫的水面上期待一盏渔火点亮。

去年出事，他协助料理，跟家人一样。

由于他走得太突然了，我反思酿成悲剧的诱因。如果……如果……通过这些“如果”的假设，流露的无非是痛惜，但实则反而加深了痛惜。那些“如果”在悲剧发生前都有可能，而假设的“如果”，只是设想而已。

世事有因果，因果是大秘密。佛教就有“三世因果”之说，可见因果转换之漫长和神秘。还说“菩萨畏因，凡夫畏果”。值得深思了。

昨晚听说有雪，心里便泛出一缕莫名的暖。雪原本是空中的水汽，冰凉到一定功夫竟修炼成雪了，是水又不像水，成了仙的水哦。

大约四十年前的一个隆冬凌晨，忽见窗外莹光闪烁，下雪了。我特地去江边赏雪。匆匆赶上头班车，乘客只有我一个。驾驶员朝我瞥了两眼，我有点心虚，竟坐到最后一排去了。假如他晓得我去江边只图看雪，也许会把我轰下车吧。

到了江边一望，大江面不改色，浩浩荡荡。比起雨的滴落，比起风的撩拨，雪花入江的狂舞，那种无声无息无痕，妙极了。泊在港口的船成了银船，桅成了白塔。江南的青山像块面疙瘩。还记得一条小船冒出来的炊烟，扭呀扭，跟雪花抱成一团，摇滚了。

但愿今朝真下雪。让我看看那逝去的水，如何缤纷重生。

别向别人诉苦，自己写手记诉诉苦吧。没人真正情愿听你诉苦的。

其实，谁没苦呢？大小而已，远近而已。当然，苦是一回事，感觉苦又是一回事。我对苦可能过敏了。

苦难来了，挡不住的。最好，慢慢吞下去，把它当药，吞下去就像药了。中医认为，苦味可使人的浊气下沉。苦难呢？但愿，苦难也能如此。

“我来了。我受苦。我爱。”

路路下午回来。我七点就上五楼打开门窗。他走了之后，我们把五楼房子又作装修，添点温馨，壁纸还特地用了暖色调的。可是，静下心来打量，总觉得骨子里头泛出来的还是冷清。

我走向钢琴，揭去琴罩，打开琴盖，竟坐下来叮叮咚咚地乱弹一通，只图弄出响声来把满屋的冷清赶走。

今朝太阳旺，路路床上的被子要晒了。我喜欢替她晒被子。我抱不动她了，总算抱得动她的被子。

路路到家前，我把她客厅的电视打开。音乐频道，动不动就是唱滥了的爱情。赶紧调新闻，世界就在身边了。

青花瓶里插了一支箫。

十八岁，学校停办，我闷在家里吹过箫的。

退休那年，刘浩成约我和汉祥去上海听了一场音乐会，又送我这支箫。我已经吹不成腔了，却喜欢它，闲时还拿出来摸摸，像抚慰一根青春的残骸，而朝它看看，便觉得它呜咽了。

唉，它原本是根竹竿，被钻成遍体孔洞才成为箫。那孔洞其实是它的一道道创口，竟能飘出妙音来。

去年出事后，浩成常来看望我。“落地为兄弟，何必同根生。”

你看得出满街的红红绿绿里头，藏着多少黑白？

不幸的多呢，你远远不是最不幸的，而别人能熬，能挺，你为何不能呢?

你是母亲最小的孩子，又是双胞胎中幸存的一个，你成了惯宝宝。只要睡不安，母亲就请人在红纸片上写“天皇皇，地皇皇，我家有个夜啼郎……”到处贴，招魂似的。六七岁了，喝粥还要放红糖，直到牙齿焦。

1962年，你失学失业，又逢饥馑年代，母亲宁愿变卖金银首饰也不让你挨饿。你不是眼睁睁地看她用一只金耳环换了九斤半米，几乎是一粒一粒地数着给你吃?你其实没受什么磨难。

工作了，顺风顺水，进城后甚至有点春风得意。人到中年，居然混入官场，尽管是个所谓亦官亦民的官，尽管你也不大把自己当官，但毕竟当了官啊，官场的病菌不会不侵肌入骨，加之创作上有点小名堂，你至少有了优越感吧?有点养尊处优吧?久而久之，缺少世事真刀真枪的磨炼，意志便弱了，遇到突然降临的灾难，比起他人来，你更狼狈、更委屈，也更悲观了。

咳，顺了四十年。假如一直顺下去，那当然好，可上帝为什么要让你一直顺下去呢?一生坎坷的还有，他们也得过日子，有的还过出了好日子。

上帝像编导，人只是被分配的一个个角色，各有各的命运，各有各的戏。不管顺也好，不顺也好，总得演下去，而且要演好。演戏的有句行话：没有小角色，只有小演员。

乌龟是庞余亮送给我吃的，我岂忍吃呢?它背上的纹路金黄色，好看哩。建平把它养在盆里，当作吉祥物了。

它整天在盆里爬，想出来，可盆子光滑，爬几下便滑下去了。不过它乐此不疲，也许苦此不疲，倒使我想起西西弗斯推石头上山的故事。

看看电视里的《动物世界》，也是接受生命的教育。

猎豹追杀鬣狗，实在精彩。猎豹奔跑比鬣狗略胜一筹。不过，每当猎豹逼近的瞬间，鬣狗突然拐弯，而且拐弯的花样不同，猎豹只好跟着拐弯，一是主动的，一是被动的，这就拉开了距离，虽然仅一点距离，却生死攸关。而每当这个节骨眼上，鬣狗还会发出一阵咕咕声。电视解说人说是它的笑声。如果动物也能笑，那大概是嘲笑。即使不算笑，那声音中分明有得意，有嘲弄，有挑逗。这恐怕会瓦解猎豹的意志，最终，猎豹也就放弃对鬣狗的追杀了。

拜年短信中有陌生的号码，五个，抄下来了，建平打开记录电话号码的本本，我们一个念，一个找，可惜没找到。

接着在客厅走走，边走边拍手健身。我的手掌大，指缝也大，拍起来声音脆；建平手掌小，指缝细，拍起来声音厚，“噼——啪，噼——啪”，也像放鞭炮，正好是元宵。

终于，我们把年送走了。

散步

太阳偏西。站在阳台放眼望，一群鸽子在盘旋，那是一片辽阔的天空，鸽翅蘸着阳光，向我飞来。

公园似乎变远了，人民路上车轮滚滚，走过去腿会发软。我只好在附近的巷子里走走。那种小巷，宽的，一庹多；窄的，只够走个胖子。

满眼旧的景致，竟感觉亲切，又有一丝莫名的疼。不过，一旦发现藏在时空皱褶里的暗香与幽光，心目也会亮一亮的。

白墙上的雨痕层层叠叠，仿佛在宣纸上洇开，那浓浓淡淡的灰色中居然泛出一抹苔绿。每逢雨天越发淋漓，像一次次再版，大写意，还有点赵无极的韵味。

听说，青苔也有雅号——玉女鬟。这是总称，长在各处的另有芳名。那墙上的青苔叫垣衣，翠翠的，像卑微而淡定的笑意。

墙根的砖堆也蛮耐看，砖头虽是断的，却堆得整整齐齐。厚的城砖，薄的网砖，青、白、灰、黑，分明是一部小城建筑史，当然是野史了。

一户门前的七棵水杉，大小粗细不一，它们不像同年栽的。每年栽一棵么？倘若如此，那又出于什么缘由，何种情致？一位白发苍苍的奶奶端着水盆，弯下腰来，对准树根悠悠地浇，水像断线的珠子，那神情像喂宠物似的。

偶尔还有游戏。周围的车子川流不息，对我似成合围之势。

我们“捉迷藏”了。那小巷西首有条小道，虽然贯通，尾巴却越来越细。有一天，一辆宝马驶去，眼看不妙才刹车，只好让车朝后退了。我正好从巷子里出来，跟着后退的宝马朝前走。宝马像被捉住了。正巧，鸽子从上空飞过，翅膀扑出了三连音：“噗噗噗”……

家务蛮累人，所谓做好，哪有止境呢？洗衣服何必赶太阳一次晒干？地面也无须擦得像餐盘那样光洁。至于推拉门窗轨道里的灰尘，更不必扎几支像毛笔一样的细拖把打扫。我劝建平，可做可不做的，那就别做了，她不肯。直到最近，我才理解她做家务为何比过去讲究：家务不仅能打发烦闷，又提升生活品质。生活品质的提升，除了依靠钱财，还有别的途径的。她自觉不自觉地探索这一途径吧。如此想来，心酸。

她身体也亏了。我应该做点家务，可是懒惯了，做也做得不入调，又有洁癖，洗只碗还要让自来水哗啦啦地响了又响。她不要我做。

我替她捏捏脚上的穴位，缓解疲劳。她不过意，转过身来替我搓背。我怕她吃力，不让她搓。她趁势将我拦腰一抱。我心一软，眼泪渗出来了。我说，我们到了最苦困的时候，相依为命哦。默然片刻，她说，记得小学课本上有个故事，起火了，瞎子驮着拐子逃，都逃出去了。

她还有兴致唱歌，老歌。我也唱，我最老的歌是《歌唱二小放牛郎》。我轻轻地哼：

牛儿还在山坡吃草，
放牛的却不知道哪儿去了。

哼到这句“放牛的却不知道哪儿去了”，突然哽咽，哼不下去了。

泡脚排排坐，我和建平一边泡，一边交流“保胃战”心得。今朝泡呀泡，忽听肚子咕咕叫，肠鸣也，居然二人相继而鸣，一呼一应，共鸣也。过了片刻，响声又起，虽然细了，还能听得出来，她以为来之于我，我以为来之于她。都不是，原来是热水瓶里的热气钻出来凑热闹。呵呵！

怀念住在公园的日子。四合院里，六七户人家，抱在万绿丛中，那种青枝绿叶的日子。

花香鸟语像一日三餐，平常得很。有时粥太烫，公园兜一圈，回来正好喝。正午，游客走了，我去逛逛，公园就像我的“御花园”似的。

秋末冬初，树木开始回访，落叶飘成流星雨，窸窸窣窣的，推门敲窗呢。水杉叶子细，也轻，有的看中瓦垄飞过去，挤成一团，像褐色的雪；有的钻进院子的角里角落。我们梳头也会梳出一片，吃饭还会从汤里捞出一枚，像躲猫猫被捉住了，又像中彩，不禁一笑，那年月容易笑哩。

一家说笑话，全院都能乐起来。夫妻吵嘴，只能低八度。即使光火摔东西，也只是摔摔套鞋之类，尽管不过瘾，但声音一大，邻居便充当“国际维和”了，被“维和”总归难为情的。

我家厨房是防震棚改的，砌了个小灶。一到冬天，水杉林的落叶干了，我们把它捧回来烧，不仅火头旺，还满院飘香。

厨房东侧是路路的闺房。路路是从这间闺房出嫁的。婚礼礼服的颜色介于洋红与朱红之间，好像公园天竹的果子。

后来，我看见天竹，总会多看一眼。现在，不朝它看了。

当年，路路跟他谈恋爱，朋友牵的线，我对他特别中意。他人好，又是医生，而我体弱多病，那时正患心肌炎，往后最好有一根定海神针。婚事最终由我敲定的。

如今想来，我有过错吗？常言道：手掌心肉厚，前看不见后。我岂有过错？不幸的诱因错综复杂，它有一万种可能得以幸免，却在一种可能中发生了，我们只能把它归之为命运。

然而，深而思之，当初考量路路的婚事，我顾及自己多了，自私了。人难免自私，可有的时候，某些事情，是不该也不能自私的。所以，我对路路是负疚的。也许，不必负疚，可我甘愿负疚，而且我将用行动来洗涤这份负疚——也可称之为原罪吧。“我不下地狱，谁下地狱？”

虽然没力气，还想去公园，我慢慢走吧。

刚进公园门，忽听布谷叫，像发来一串短信。我心头一热，又有点酸，因为乡间称布谷为苦鹌，叫声就像“苦——哇，苦——哇”。它倒是知心的了。

我缓步走了一圈，先看看树吧，久违了。

“只有上帝才能创造一棵树。”那位名叫乔伊斯·基尔默的诗人说得真好。而圣贤跟树都有缘分：孔子与桧，庄子与椿，诸葛亮与桑，释迦牟尼与菩提。

即使是树叶，也可品味的。比如香樟，它的叶子不光常绿，且属互生，常绿就靠互生。老叶陪伴新叶生长，不到新叶成熟，老叶不忍离别，而离别之前由绿变红，泛黄，似有百般的依恋与无奈。树性竟通人性。

即使是树荫，也像帐篷。夏秋时节，漂泊少年常在树荫下嬉戏，有的手指还按在手机的键上，睡着了。一个女孩躺在两个男孩之间，睡着了。

即使叶子落得光光的树枝，也好看，甚至更好看。那横的纵的粗的细的直的弯的，自由自在地伸向蓝天，自然而然地交错，叠合，不是活脱脱的书法？天然的线条艺术，还不乏正大气象。我仰首而望，仿佛读帖。突然，嗖，一只鸟从枝头滑翔，却像一滴太浓太浓的墨溅出来了。

最后走进园中园，在距离当年我家十来米的地方，找到一处墙跟，避风，朝阳，坐下来歇歇。两侧翠竹簇拥，面前花草一片，还有水池环绕。我就把它称为“冬宫”了。那水池不大，婀娜有致，想起传颂千年的兰亭雅集。池里虽不见流觞，却漂树叶，无须赋诗，却生幽思，不修禊事，却可修心，心缺一角了。唉，人心难免缺一角。修心靠自己了，也要阳光，阳光如神光。“太阳不是照在身上，而是照进心里。”

我随身的包里还有“太阳”——平时阅读中选出来的，抄在笔记本上，比如：

“必自救之。”

“一字一字地救出自己。”

我捧在手里读，读成琅琅的阳光。

在某些人的言谈中，他的伤亡，近乎丑闻。不过也不奇怪，所谓“三人成虎”，流言往往如此。总而言之，他没害人。他治过多少人的病？救过多少人的命？他为了救自己却不慎伤了自己。

即便丑了，那又如何？

“此去声名不厌低！”

东坡受贬在黄州，一次外出遇暴雨，“同行皆狼狈”，他却吟出一首《定风波》，显然是面对人生暴雨的抒怀了。明明是“竹杖芒鞋”，却说“轻胜马”，接着还来句狠话：“谁怕？”豪气冲天了。风波谁能免呢？看你如何“定”吧。

以往遇到李同学，点点头而已。今朝他朝我盯了一眼，站下来了。估计他晓得我的遭遇，要跟我说什么。我不想听，可出于礼貌，不得不也站下来。没想到他说，我们读初一那年，下乡扫盲，你当了标兵呢。哎，上水来了——他轻轻喊了一声，问，你可记得？说罢嘿嘿一笑，走了。

我当然记得。那年我们去惠丰乡教农民识字。

我包教包学的对象是个扳鱼的老人（现在想来，他顶多五十来岁）。我跟他同到江边，头一回见长江，真是晕了。头一回见扳网，它岂不是水上楼阁？更像硕大的玩具。头一回看见鱼在网里活蹦鲜跳，即使扳上来的是空网，那沾了水的网眼被阳光一照，也像一网的银子。

教他识字，我下了功夫。他每扳到一条什么鱼，我先请教他，识鱼，问清鱼名后，我用纸笔写下来，教他识那个字，那字也像他扳到的鱼了，只不过从网里到了纸上。后来我把各种渔具的名称写在纸片上，朝渔具上一贴，他用一次渔具就会瞥一眼那个字。他对识字有点兴趣了。

他除了扳鱼，还做件好事，看到江上的客轮从远处驶来，他会站到江堤上，喊：上——水——来——了——有时是：下——水——来——了——提醒外出的人赶紧去码头乘船。

那一天，他参加村里扫盲验收的考核，我代他坐镇扳网。所谓坐镇，只是看守而已，我哪会扳鱼呢？但朝那块一坐，望江天一色，美呀，假如有客轮经过，学老人登高一喊，神啊！

当我望见一艘客轮缓缓驶来，心跳加快了，但不能早喊，更不能迟喊，我要像老人那样，喊在节骨眼上。好容易等到那个节骨眼，我奔上江堤，喊：下——水——来——了——喊声像歌声，随风四处飘，我喊不出老人的洪亮，却喊出了清脆。可当我转身朝江面再看，发现那客轮由东向西，自上而下，分明从上水而来，我怎么看错了，喊错了？赶快重喊：上——水——来——了——，是——上——水——来——了——

五十多年过去了，李同学旧事重提，逗我开心哦。

我想念长江。

靖江是长江亲生的。东海大潮做大媒，成全了江水与泥沙缠绵万里的姻缘，怀胎千百年，生出沙渚，长成靖江。我们血管的上游是长江。

我曾经在江边采风多年，船上，滩头，江心洲。江水渗入了我的字里行间。

1987年，我怀着丧母之痛，忽然想看看长江，去了夹港。正好夹港建码头，一座水泥架子伸到港口当中，我朝上一坐，面向长江，极目而望，天苍苍，水茫茫，无边无际啊，顿觉人小了，凡事轻了，忧伤也就淡了。那天还看见修船。一条破船侧身躺在江堤上，漆匠用大斧敲着凿子把油漆腻子嵌入船缝。他们一字排开，轮流敲。不知是工艺需要，还是顺便把它当作打击乐来玩。“叮叮咚，叮叮咚……”像一阵阵鼓声飘出去老远。

边敲又边唱，只听懂一句“船破还有三千钉”。

什么时候，我要去看看长江。

做了件傻事。银行要个小节目，参加文艺节演出，请我操刀。我最初犹豫，顶多只想出出点子，后来被请去喝酒，竟答应了。

以往也有此类事，有报酬的。但我不把报酬作为目的，至少不会当作唯一的目的。因为年轻时写小节目写疯了，老来也会技痒的。可此次不同，图利的念头突然冒在前头。我家少了个挣钱的人了。

唉，我曾经藐视钱的。1962 年，我开始摘抄名人名言，头一句就是“闪闪发光的不一定是黄金”。还有“清风朗月，不用一钱买”。多少有点睥睨金钱，为穷困中的自己提神壮胆。然而，如今是什么年代？没有钱是万万不能的。记得奥登有句诗，说得真精辟：

金钱无法买到
爱的燃料
却能轻易将它点燃

我需要点燃，不断点燃。

写得好苦。非苦不可哇！我翻阅银行的大堆资料，期待灵感，寻找切口，睡眠糟了，人更憔悴了。想打退堂鼓，却开不了口，多没面子。

记得那天下大雨，空气湿的，浊的，竟有点窒息的感觉。我把白花油拿出来，正宗香港货，他两年前送我的。我用它在头顶、额角、耳垂还有鼻翼上涂了三滴，脑子这才清爽点。终于可以拿资料里的枯燥数字玩花样了，把银行的亮点，按照阿拉伯数字的顺序牵头表达，“数字化”，杀出一条血路了。我不禁大喝一声，像喘了口气，又像为自己喝彩。建平不知发生了什么，赶紧推门进来，却被白花油的气味呛得打了个喷嚏。

现在想来，此事不该做的。民间有句话，说得也精辟：留得青山在，不愁没柴烧。

米米的生日快到了。

我对米米的疼爱，除了中国式的祖孙亲情，又另有缘由。路路小时候，正是文学的春天来了。俗话说，竹竿插进春天的土里也会萌芽。我原本像竹子，扎根文学，可后来却像竹竿，充当“革命文艺”的呼哨与投枪，一晃十几年过去了。我不能不趁春色正好，像竹竿一样植入春泥，重新生根发芽。于是，无论历史故事，还是现实题材，无论报告文学还是小说戏剧，我笔耕几路，就图长出几片新叶来。家顾不上了，极少关心路路的成长，我是负疚的。所以，对米米的疼爱就多了一份补偿心理。

我们挣的第一件大家当，就是为她买的钢琴。

她读幼儿园，我常接送。她边走边提问，往往有“天问”：

男生跟女生为什么不一样？

读小学了，陪她玩的也是我。她玩《曹操献刀》，要我演曹操，因为曹操献刀要下跪的，我就演曹操。

她读初中，睡眠少了。早饭吃得太仓促，我就给她摊个饼。摊饼并不难，难就难在递给她的时间要精准。她从五楼走下来，七八秒，我得提前站门口。迟了，固然不行，她下楼一阵风，一旦越过四楼，再喊她拿饼，她就跟我拜拜了。早了，也不行，饼会冷，尽管放在双层保鲜袋里，但太烫的时候是不宜放进去的。我必须不早不晚地站到门口，眼睛看钟，耳朵竖起来听，有时把邻居的关门声当作她的关门声，探出的身子赶紧缩进屋，被邻居看见了，还有点不好意思。又担心饼冷，只好敞开衣服，把它捂怀里，那种虚掩，捂得太实，饼的口感会打折的。直到她下楼，把饼朝她手里一塞，像塞接力棒。这样，她坐到车上可以吃饼了。饼里埋伏了一只蛋，我最得意。她早饭不肯吃蛋的，那就非吃不可了。

她刚读高二，灾难降临。她是受伤最重的，或者说，是最经不起受伤，最不能受伤的。二十个月后，面临人生第一搏——高考。

我还能给她摊个什么“饼”吗？

园中园有四棵同样的树，至今光秃秃，灰溜溜。周围的石榴、水杉，性子算是慢的了，早就吐了芽。桃花樱花开了谢了。杨花柳絮如雪飘飘了。只有它们对春光不动声色，那样子，就像四位身穿灰布长衫的老先生，站在浓妆艳抹的顽童当中，蛮受奚落的。

不晓得它们的树名。今朝我坐在石凳上，听一位游客指着它告诉身边的孩子，那是合欢树，心里一动。我过去失眠，中药里头常有合欢的。如遇故知了。它们每棵之间相距七八米，整体呈弧状，对我坐的位置正好形成环抱，刹时，仿佛离尘三分。

合——欢，我还轻轻地念了一声。

刘舰平把我接到他的新居玩玩。

当年，他也是手无寸铁，靠一支笔闯荡的。他记得初次见我是 1982 年。他说他把我写给他的信保存得好好的，尽管几度乔迁。他晓得我右耳失聪，总归坐在我左侧说话。今朝说的都是天高地远，云淡风轻……

我记得靖江首次为作者出书召开座谈会，就是为他的诗集《马车夫之歌》。会是我主持的。那天成了文艺界的节日了。我还记得，他礼赞孤山，像勉励平凡而孤独的人："那是屹立，那是挺拔……"

古人说，山可平心。

下楼我拍手，不管情绪如何，拍手健身提神。公园里有拍手圈，十来个人聚在竹林里，边拍边喊"一、二、三、四……"

喊满一百一个回合，每个回合结束就大笑，笑得像鲜花盛开似的。我向他们学习，不过我拍手不是呆板地拍，变花色，一层楼一种节奏，像打击乐呢。

上楼吃力了，51级。我边上楼边哼歌，等于喊号子，不是那句“我家住在黄土高坡”，就是“九·一八，从那个悲惨的时候”。

唱歌就会想到鲍泾渭，缅怀童年的欢乐时光。

泾渭是我们北街的孩子王，既能教我们唱，又会领我们玩。他家屋后的野场（打谷场）成了我们的天堂。有时躲猫猫，躲得野天野地。有时钻到断头河边捉黄鳝，捉到了那就烧鬼饭（野炊），如果把它拎回家，即使身上沾污泥，脸像大花脸，不会挨骂的。

喜欢“抬轿子”。三人一档，两人面对面，手搭手，蹲下来，另一个朝他俩手上一骑，两人起立，抬起来快走。也玩“颠轿”，颠得坐轿的苦苦求饶也不让他下轿。

演戏更来劲了。每当月色皎皎，我们把房屋阴影投射地面的那块当幕后，亮的地方当舞台。演得蛮认真，比如武生手里的枪，本可用根什么竹竿替代，泾渭却用芦苇做，还在顶端弄出一根根细细的须须当缨子。即使在夏天，演包公的程锡伍，总要避开父母，在家翻箱倒柜，找出一件长褂子，用它当官袍，再从锅底抹点黑锅锈，往脸上一抹，就算化装，然后贼一样地朝外溜。唱的是平时在戏院里听到的，那是散戏前的“放通”

时钻进去听的。不过我们唱起来不妨张冠李戴，不妨移花接木，总归嘴里要咿咿呀呀地往下唱，往下说，不哑场。偶尔，张冠李戴居然戴正了，移花接木还能移活呢，那就不唱了，拍手打掌地笑啊。

也贪钻香棵。比起农田的庄稼、屋后的竹园，那一丛一丛的香棵不仅能让我们藏起来，更刺激的是，钻香棵要吃痛苦。香棵叶子上有刺，像锯子，稍不当心会被刺破手和脸的。正因为如此，我们才去过把冒险的瘾吧。除此之外，会不会另有所图？呵，那时候，凡敢进香棵玩的，总会被称赞："有种！"似乎无上荣光。哪怕学习成绩一塌糊涂，也得"有种"，"没种"顶难为情了。而身上被刺破的，比没刺破的"有种"，出血多的，又比出血少的"有种"。

没想到小小年纪就那么看重它——"有种"！

合欢树绿了。它毕竟四棵环抱，绿成一片云似的。旁边的石榴吐出花苞，像抹了口红，迎接合欢迟到的约会。

我特别欣赏合欢叶子。它每柄大叶分出左右两片，每片排列九枝，而每枝又生二十七枚细叶。

白居易是个树痴。他说树像诗，把树根喻为情，树叶比作言。照此说来，合欢岂不是一首长长的叙事诗呢？

绣球花开了，甬道两侧各一棵。花蕾碧绿的，渐渐吐出白来，等到完全绽放，雪白，滚圆，好几百朵，就像搭了一道拱门，迎夏送春。

夏天快到了。过去我多看公历，现在不知不觉地注重农历了。自从天天泡公园，又能从树木的表情感悟季节转换，似乎多了一种“树历”。比如，立夏前夕，那大石桥两侧的夹竹桃开花了，两棵开红花，好像预告夏之炎热；两棵开白花，好像为了抑止炎热而绽放清凉。

“夏”其实也有“大”的意思。树木在夏天长得更大。一棵榆树在夏季能长六百万片叶子。树木只要活着，必然成长，无论多老多大。我们人呢？人就不同了。人变老是一回事，成长又是一回事。那种在惯性中的自然衰老，谈不上成长。

我还是向往成长的，因为人格的健全、人性的圆润，也属人生的一种标高，比起高官厚爵、荣华富贵，这种自我完善，不见得有什么逊色。而作为面临困境的人，倒要逼着自己非成长不可了。

路路去某单位办事，一女士忽然起身相迎。

原来她曾是他的病人。最初她找别的医生诊治，效果欠佳。有人建议找他。他采用保守疗法，既治好了病，又未做大手术。后来她还陪同一个亲戚找过他。那亲戚生活困难，药又贵。于是他特地关照药房单独进药，这就少花不少药费了。她得悉他亡故的消息太迟，未能吊慰，一直过意不去。当天下午，她送路路一件礼物，态度至诚。路路婉拒不得，只好收下，捂在掌心，眼泪扑出来了。

文学艺术自有它的神奇的。

那个被贝多芬推崇备至的亨德尔，乃乐圣之祖。他一生坎坷，病后瘫痪，精神消沉极了。一天，收到一位诗人寄他的诗歌，请他谱曲。他根本无心谱曲，还以为对方取笑他呢。可是，后来他打开诗歌一看，这首《弥赛亚》的头一句就是“鼓起你的勇气！”好像面对他的一声呐喊，像神的召唤。他居然振作起来，才思泉涌，写出了风靡世界的杰作。

我也该对自己喊一声：“鼓起你的勇气！”

今朝坐在园中园，有男士散步经过，边走边哼《靖江之歌》，心里一热。《靖江之歌》是我和汉祥合作的，他谱曲，我写词：

水含吴越风韵，
土连江淮根系……
潮从东海奔来，
风向九州吹去……

二十几年了，还在流传，而且不是歌手的舞台演出，是市民的信步吟唱。你应该欢喜，你也有值得欢喜的事的。虽然听过无数遍了，却头一回觉得它也是召唤，那水、土、潮、风，一起以豪迈的节律，唤我一振呢。当我回过神来，看看那男士，不见了，仿佛一出“秋翁遇仙记”。

乌龟认得我了。我去看它，它伸长脖子朝我望，向上爬得更起劲。兴致来了，玩几个动作给我欣赏，头与头撞，不是拳击，是头击。有时小的爬到大的背上，大的就驮着它走，从来没有看到大的爬在小的背上的。

为米米制作《周报》，两周一期。仅 64K 大，原是图书目录卡，我看中它中间有个眼，有意思。内容从我阅读中选择，比如，陈震翻译的科恩金句：“万物皆有裂痕，那是光照进来的地方。”

也算给她摊个“饼”了。

我想发篇散文，这本是常事，可眼前有些迫切，像倾斜的房屋急需用垡支撑（文剑的笔名就叫文垡）。翻出《种花记》，一年前就写出来了，因为结尾太平，不曾往外拿。

前天，发现西阳台的花盆里长出一棵芝麻。我们早已不在花盆里种什么了，听便那些花花草草无约而至，钻出花盆，“青春恰自来”。那芝麻的种子不知是风吹来的，还是鸟衔来的。我最初担心它身子苗条，经不起楼上的风吹雨打。没想到它跟长在田里的不同，分蘖时，特地又生出两枝根茎，支撑主干，好像它基因里头就有应对艰难困苦的本事。它也会像田里的芝麻一样长得亭亭玉立，一样开花，结籽，节节高吧？

我心里一动，《种花记》有好结尾了。今朝发《靖江日报》。仲一晴回电称赞，用了三个惊叹号。其实，文章还寻常，是她晓得我成涸辙之鱼，竟能泛泡泡，而为之击节吧。

今朝体检。甲状腺上长了一个瘤。

回到家里，面对镜子摸摸甲状腺，摸不准，更摸不出什么异样的感觉。接着捧《辞海》，了解甲状腺，却不懂“甲”属什么部首，只好拉倒。

我想不说的，可憋在心里难受，最终还是告诉建平。她像挨了一闷棍，坐在我身边，一动不动，沉默片刻，忽然喃喃自语：不要紧，不要紧。像说给我听，又像说给自己听，两眼渐渐闪出光来，盯着书柜里的书，好像每本书都是佑护我们的神灵。

人到老年，也就步入瘤的雷区了，踩雷只是迟早而已，但眼下实在不是时候。我要做的事太多太多了，而家人心灵伤口未愈，岂能再受重创呢？我毕竟像树，我家的大树，哪怕歪了斜了也是树，倒了就不是树了。

路路回来了，也许是建平知会的，她晓得了。她倒还镇静，没说什么，端来一杯水，轻轻走向沙发，弯着身子双手递给我，似乎望着我。我不朝她望，接过水杯，捧在手里，不凉也不烫，我连喝两口，像服灵丹妙药。

做好准备，以防猝然倒下，一病不起。

我最先做的，是处理书刊杂志。《读书》《世界文学》订阅三十年了，它们给我多少滋养啊？文学的，人生的。每次开邮筒，看见它们，像得到老师发来的课本。每本到手，总是先挑几篇浏览，然后收起来，留待细品，已经累积几百本了。今朝我朝它们看看，对不起，再读的可能没有了。与其日后被人乱扔，不如我来安顿——只有送人或送废品站。送人恐怕送不掉的，送废品站吧，那近乎亵渎了。一时找不到合适的办法，且先把它从书橱里搬出来，堆在墙边。偶尔，朝它望一眼，仿佛告别仪式。那五颜六色的书脊像斑斓的树林，而我的目光恰如瑟瑟秋风吧。

想起白居易，他晓得不久于世，便把骏马放了，把宠爱的歌姬打发走，成了一个“我是人间事了人”。难道我也到了“事了”的时候？

出去散步，那棵皂荚树似乎在等着我。“一棵树，高又高，身上挂了千把刀。”我们童年称它“将军树”，朝它望望也提神。

那棵金钱榆突然不见了。它浑身是宝。我喜欢它的大名：榔榆。树皮呈鳞状，一旦剥落，露出或黄或褐的内皮，整个树干纹路像彩云。而且，两根枝丫长成一个V，时尚的造型，更应讨人喜欢的，竟被锯了，不晓得什么缘故。我蹲下身子看树桩，数呀数，数出十二道年轮。呀，“十二郎”！

在北欧的传说中，人就是榆树变的。

我从皂荚树上摘下几片叶子，回家夹在笔记本里，作个纪念，也许，往后看不到了。不是我看不到它，就是它看不到我了。

我瞒着建平去医院请叶主任诊断，有点像罪犯听候宣判似的。

医院大厅走过无数次了，却头一回觉得那地砖闪着寒光。我放慢脚步，像走在结冰的河面上。

叶主任看我的体检单，我盯着他的脸，想从他的神色上先探凶吉。可他神色未有一丝变化。作为医生，即使面对危重病人也能如此的。我只好等他说了。他说，叶腺瘤仅有百分之四恶性，即便是恶性，也有五年的存活期呢。尽管我耳朵不灵，他那个“呢”字说得也轻，却长，我听见了，分明像一声吟哦，其中有一丝自信和笃定的。我松了口气。接着他说，你的叶腺瘤小于一公分，又零散，是良性特征，不过，要做 CT 细查才能确诊。我心里盘算，即便是最坏结果，也能活五年，不算惨了。至于 CT 细查，身体好点再做吧。

回家乘公交，竟是一辆空荡荡的车，好像专门为了迎接虎口余生的我。我大步上车，还向司机问个好，坐到最后最高的一排。车逆风而行，比往常快。行道树列队似的闪过。蓦然，心里飘出《127 小时》——奥斯卡电影的主题歌：

假如我复活，
我将再尝试一次，
我相信我将给予的不止于此。
假如我复活，
我将再尝试一次，
我相信我将给予的更多。

我不大会唱，念歌词。那风在唱。

路路和米米回来过礼拜。我打算让米米看看旭华女儿的作文。旭华曾是他的患者，后来成了莫逆。

他走了，路路与旭华夫妇的友情可能持续？我当然希望持续，友情对于路路的未来更珍贵。然而，能够超越投桃报李的毕竟不多。他走了，作为医生的“桃”没有了。尽管旭华夫妇对我们的帮助是真挚的，不会计较我们有没有“桃”的，但有“桃”岂不更好？可路路没有，米米也没有，我呢？想来想去，我仅仅对写文章有点经验，于是我想关心关心旭华女儿的作文。不过，学生作文另有行情，我只能选择有把握的说说。前天旭华送来一篇，我看了，也给米米看看，然后点评，对她写作也有促进的。

在公园静坐

她看了不作声。我有些诧异，问，写得可好？没想到她眼睛里一亮，垂泪了。我这才恍然，慌忙找纸巾，连抽三张塞给她。她勉强接过去，只捏在手里，动也不动，两行眼泪往下流，一行到了嘴角，嘴唇一抖，抿进嘴里去了；一行淌到腮边滴下来，却像落在我心里。

唉，我竟然伤害了她，尽管无意，可我是个谨慎的人呀！她显然从作文中表达的父爱，想到自己丧父的悲凉。我顿时不知所措，朝她呆望。令我惊讶的是，她五官仿佛挪了位置，那熟悉的脸庞突然陌生了。哀伤的面容里有疼痛，有委屈，甚至还有抗争的凛然，在经过抑制之后，不由分说地渗出来。那是成人才会有的哀伤啊。

你也是少年丧父，跟我一样啊。

新宇又约我去聚聚了。

我们因文学结缘四十年了。他虽然跟我同龄，却是我心目中的大哥。他的果毅和刚直，正是我短缺的。他曾在几个部门当了多年头头，称得上俗话所说的硬头。面对重大决策，敢跟市长唱反调的能有几个呢？最令我羡慕的是，凡事拿得起，放得下。记得那年在他家，他批评下属，火辣辣的话刚说完，不到一分钟便睡着了。而我呢？我拿得起放得下的——套用一句调侃的话——恐怕只有筷子了。

他中风之后，行动不便，依然参加社会活动，那样子有点像我们少年时代的偶像——电影《牛虻》中的牛虻，还让我想起牛虻的一句话：不管我活着还是死去，我总是只快乐的牛虻。

一件小小的事，引发冷战。我们变得容易生气了。唯一的妙招，就是不作声，出去走走。

遇到送奶人，她见我总是笑眯眯的，因为我常把四楼的牛奶顺便替她带上去。走到小区北门口，老裁缝在帮人补衣裳，尽管叼着烟，见我必点头，哪怕烟灰掉布上。拐入小巷，经过三个大窨井，那井盖一踩就响的。我就踩踩它，嗵嗵嗵，擂鼓三通。到了童装店：金果儿。门口音箱播出的儿歌，全是金歌儿，比阳光还暖和。今朝是《让我们荡起双桨》。

进了公园，老汪坐在长椅上，听说他反应迟钝了，看见我倒还认得，举起手来挥一挥，我当然也挥一挥。我不能因为心里憋了点气就不跟他挥手吧。何况，他身旁的老婆，一见我们挥手就笑呢。因为我只是老汪的熟人而已，他能跟我挥挥手，就表明他还不曾痴呆。我岂不像个测试仪或者康复器呢？接着又遇老朋友，像串糖葫芦，点点头，说说话，心里的气早消了。

从公园回家，盘算如何应对冷战。过去冷战爆发，我一出门，建平把音响打开，听样板戏。我回家，门一开，听到的往往是怒气冲天的“八·一三，日寇在上海打了仗……”倒像她借沙奶奶的嘴把我大骂一通呢。现在不会这样了。那也近乎热战了，现在真是冷战。我有思想准备，顶多一两天不说话吧。没想到进门一看，她刚到家，雪白的练功服还不曾脱，告诉我，她跟美娟学到一种健胃的功法，说着就要教我学，像从昆仑山上盗得仙草的白娘子。

她把冷战忘了。

公园内外环水。我选出临水的座位，三个。朝东的最妙，有一棵黄杨，像道柴门，朝它旁边一站，“倚杖柴门外，临风听暮蝉”，有些古意了。“柴门”中间有树桩，恰似门槛，树桩断面的年轮形如八卦。一位行家看出是柳桩，又沾五柳先生的仙气了。跨过“门槛”，三块石头错落，下端的搁脚，最高的当桌，中间的正好作凳。我坐下来，放眼望去，无处不是好景致。

最有趣的还在水面。水自然是活的，透出丝绸的那种质感。微风一吹它就皱了，花木的倒影略微变形，恰如写意作品，看不厌的。若有落叶花瓣飘过来，那就当曲水流觞，成片成片的如同文章，三三两两的便是长短句了。

水里的鱼应该跟我熟了吧，却从不露脸，只在水下泛泡泡，化成一圈一圈涟漪，荡呀荡的，恨不能一直荡到我脸上。

我的座位成了救护站。今朝我救了落水苍蝇。苍蝇曾属“四害”之一，可它也是一条命，也是阴阳五行之气氤氲而生的。何况它还有功劳。在撒哈拉沙漠，只有它能把宝贵的水——那种含盐极高的咸水过滤成淡水，救了多少濒于渴死的生灵？我动了恻隐之心，救救它吧。拾起一根树枝，伸到它身边，它总算爬了上去，接着让它躺上石桌。歇了四五分钟，它呼地飞了，飞走前也想不到在我头顶绕一圈表示谢意。这家伙！

筛其常来看看我。我们有四十年的交情了。

记得当年路路读书转学，他帮疏通，送了礼还不让我晓得。

最难忘的是1988年，我俩合作的中篇小说《走出峡谷》，被山东的《柳泉》看中了，要我们去修改，于是结伴而行。无论对于文学还是友情，都像蜜月似的。那天晚上，谈天说地疯了，我服药竟多吞两粒地黄丸，以示尽兴。有一天，我发现包里的二三百块钱没了，可后来又在包里找到了，是原本就在包里，一时我未看清，还是筛其把自己的钱不声不响地塞了进去？我问他，他摇头，不过脸色泛出红晕的。

新宇是部门头头，堪称一把快刀，只是容易“得罪”人。有一回筛其听到一些议论，想提个醒，电话约会，新宇说太忙了，走不开。筛其不甘，三天后想出一招，谎称生日到了，请新宇喝酒。那天新宇倒是去了。筛其作为寿星是假，酒却要真喝，可他不大会喝酒，更不会说谎，尽管是善良的谎言，毕竟是谎言，他有点兴奋，又有些紧张，酒越喝越多，竟醉了，满肚子提醒的话，半句也没说出来，只是盯着新宇呵呵笑。而新宇又喜欢看他醉了之后像孩童似的样子，逗他笑，笑成一团。

去年，我家出事，路路不敢直接惊动我，先告诉筛其。在我想去又不能去的那个仪式上，他去了两次，最后，离开人群，站在苍茫的暮色里拭泪。

我瘦得不能再瘦了，真所谓皮包骨。床上不能铺凉席，只好垫棉被。但棉被只宜用薄的，仰卧时，尾骨还有压迫感；假如侧卧呢，两腿相触，膝骨又疼。睡前要做好几个动作，试探姿势，安顿两处骨头，搭积木似的。

前天去药店买药，顺便称称体重，一看，又看，在秤盘上呆了几秒钟才下来。

我越来越喜欢梦。

梦是上帝的神来之笔，特地为人设计的虚拟幻境，让众生与之为伴，不管白天如何酸甜苦辣，晚上入睡玩玩自编自演的"微电影"吧。于是我们才有那些不沾红尘的故事，才有了梦。

偶尔梦见老朋友，我发短信告诉他（女的只好免了）。昨晚梦见皋生，老哥们。我给他发短信。皋生回信："荣幸啊！"我又来一句："欢迎再次驾到！"皋生回复："请你光临我的梦境，有来有往嘛！今朝夜里，我们不见不醒哇！哈哈！"我看了也"哈哈"，我难得"哈哈"了。

诗人张枣走了一年了，英年早逝。他漂泊海外，也是在困境中熬过的。他介绍他的熬法。有一回，他发现乌云密布的空中有朵云，很像一个熟人的模样，于是指给身边的她看，问，它像谁？她一眼就看出来了。二人不禁捧腹大笑。他俩就这样，“每天去偷一个惊叹号，熬过了危机”。

我上五楼弹钢琴。米米用它只用了三年，还算花季，让它无声无息地老去，实在可惜。

面对钢琴，我像旱鸭子来到海边，只能拍点水花玩玩。不过即使弹出一个音，那音色也让我喜欢。偶尔还会弹出乐曲来，自由调，尽量让它贴近心绪，比如倾诉、遐想和叹息，一日听出那点味道了，简直像华彩。

《靖江日报》征集首部靖江城市形象的微电影剧本。我心里一动。电视剧我弄过了,《御林军枪声》，1986 年弄到中央台的。电影未有收获。二十世纪的七十年代初，我们靖江人就做电影梦了。后来上海电影制片厂来了一套班子，跟我们一起做，可最终还是个梦。

微电影虽微，毕竟也是电影的品相，然而，我哪有精力呢？我在创作上没什么才力，但一贯不惜努力——那种“人一能之己百之”的努力。倘无精力，谈何努力？

微电影倒是颗大“惊叹号”啊。

天天去公园，见了草木心易安。

先要入静，听鸟叫是个办法。杜鹃、斑鸠和戴胜鸟叫得清爽又好听，不妨再猜猜它们叫的意思，猜错了又不关事，至少心静了。有时听不到鸟叫，那就数树叶，数到一百片，心也会静下来的。“归根曰静，是曰复命。”静多要紧啊。

凝望树木，也能反观自己。它们像老僧入定，特别是黑松、雪松、龙柏、刺柏，也无风雨也无晴，又无冬来又无春，总归碧青碧绿。那份从容和安详，正是我要修炼的。树之安，首先在于根之定。根深树更安。人何尝不是如此？我的根在哪？是浅还是深？

公园四季有花，不是鲜艳耀眼的，就是淡若无，即使眼下未开花，也许刚开过，或者正憋着力气准备开呢。该开花的，风霜雨雪挡不住。花是草木回报大地和阳光的笑容。花是花，又非花。当初佛祖说法，只是拈花一笑而未吐一个字呀，一花一世界，用心看花。

下雨我也去公园，甚至更想去，雨天游客寥寥，清静极了。如果雨大，打伞雨中走，伞面“笃笃”如击鼓，伞边水珠滴滴的，人像躲在微水帘洞了。假如走到路侧的音箱旁边，那就站下来听音乐。无论悠扬的还是热烈的，竟跟雨在伞上敲出的打击乐和谐的。

昨天的雨细极，酥酥的，落在河塘里都画不出一个完整的圆圈圈。

那雨像要给公园洗一次脸，特别是树，只有这样的雨，才能把每片树叶洗得清清爽爽，又舒舒服服。这时候，它们不希望有人闯进吧，鸟儿也不作声了，包括唠叨的麻雀。我似乎冒失，只好轻轻地从它们身边走，看见薄薄的积水，绕开点吧，别踩，那是树的镜子。

我的心也像被洗过了。

人的一生，无论顺逆，无论贵贱，总得想方设法安顿一颗心。四百多年前，罗近溪称安心的人为圣人，也许过誉了，却透出安心之不易和勉励人安心的苦心吧。

早上的粥有了升级版——什锦粥。

它的好处不仅内容丰富，营养均衡，味道可口，还在于那个炮制过程。我蛮当回事的，淘米，泡枣，浸豆……特别是敲白果，有意思。先抓一把，十颗为佳，一抓便是十颗，一乐，抓之前总要把手按在白果上摩挲几秒钟，再抓，就图那一乐，而接着敲白果，一记便破更佳，壳破而未伤果肉则绝佳，要用软硬劲哩，那种不轻不重。最后往锅里放水，不多不少，吃得没剩的，那就称得上妙了。

午饭是建平的功课，也升级了。

她讲究营养，重养生。往往一锅煮，有荤有素，杂七杂八，连锅朝桌上一端，像一盘五颜六色的花。

我们总是边吃边说话，说的多是在公园和菜场遇到的。老城有个好处，处处遇熟人，几年甚至几十年未遇的也会遇到。那种不期而遇的欣然，往事的回味，都成开胃的菜了。一旦说到某某人也有什么苦困和不幸，我们长吁短叹，为对方，又像为自己。而我往往说一句，“须知世上苦人多”，好像总结，点题。似乎不孤单了，我们有一队人马，虽然个个有伤痛，却还朝前走的。说到兴浓就喝酒，自产的米酒，不是碰杯，碰碗，而且，总要碰出响声才肯歇。

我有个毛病，对流行的、时尚的，不是冷眼相对，就是敬而远之，可最终往往成了个不被优待的俘虏，比如手机。不过，自从出事以来，我多亏有个手机。有些时段，包括有些话，是不宜用固定电话说的。手机像电台，而我面临的困局，也形同作战，带领几个溃败的人，且退且进。好多大事需沟通，协调，而内心的伤痛更要互相抚慰。我们在重新做人：父亲、女儿、母亲、媳妇、丈夫和妻子……

每天临睡前，要给路路发短信，还尽量把它熬成一滴“鸡汤”。

跟米米联系，更少不了手机。我特别注重短信的表述，入目才入心。何况当下争夺眼球的太多了。昨天，读到孔子一句话，从未见过：“君子周而不比。”如果直截了当地发给她，既生又硬，我把它变软：“‘君子周而不比’，你晓得哪个说的？孔夫子耶！你晓得什么意思？君子要善于处理人与人的关系。你要听，信，行，做个君子哇！”

乌龟今朝让我大开眼界了。那只小的，用它绿豆大的眼睛朝我凝视一番，接着打了个哈欠，道道地地的哈欠。乌龟通灵的。它大概晓得我这个主人是个失眠的家伙。挖苦我吧。呵呵。

建平有个以往的同事，约她去参观新居，两套房，门对门，六个房间朝太阳，便觉得她享福了。可是她向建平倒起苦水来，眼泪滴滴的。她与丈夫的婚姻名存实亡……

建平告诉我，她的一位朋友的女儿女婿在上海发了，然而，生活理念跟他们不是一个频道。他们受洋罪，常生气，宁愿回来过过自己的日子。

每当听到负面信息，我们总要讲讲，更要讲讲，让别人的“负”与自己的“负”一碰，倒有可能“负负得正”呢。

在公园桥下坐坐。

河里鱼多。锦鲤游得优雅，小鲹鱼生猛，各游各的，五颜六色，宛如波动的织锦。也像看电视，真是“液晶”的了，起码一千英寸吧。假如嗖的一声，来个鱼跃，近乎特写了。最动人的是，我坐到一定工夫，锦鲤会从深水不声不响地游到我面前，像花儿乍然怒放，随即沉潜，跟我亮个相而已。

水鸟不时掠过，只能解个眼馋吧。

云也值得看的。头稍微一仰，便可看云了。成块成片的不看，看一朵一朵的，假如风大点，看它随风飘，慢慢舒展，变淡，直到像蒲公英花絮，一丝一缕地消失得无影无踪。它哪是云呢？分明是我的一团心事。

有时河水清，天又是蓝天白云，映在河面，河便是“天河”了。那云在天又在水，那鱼在水又在天，恍兮惚兮，不知身为何身，地为何地了。呵呵！

为了高考，路路陪米米去外地培训，“远征”了。建平赴“前线”慰问她们。

建平身体也不好，让我一人在家，又不放心，但还是想去。主要为送钱。路路自已有点钱，但日期未到，硬要动，损失大了，只好我们掏。我们反正要掏的。建平说，先给两万吧。我说两万太少了。她们本想节约点，租民房，可民房有隐患，我不放心，建议住快捷宾馆，安心最要紧，但开支大了。我说我们的钱，与其最终留给她，不如在这节骨眼上支持她，用在刀口上。建平听了叹口气，说，刀口多哩，往后……我说，往后我们节省点，除了吃。哎，吃也要省，买鱼别买鲑鱼鲈鱼了，买鲫鱼，筷子长的就可以。三天前，我被鲫鱼的刺卡了一下，发誓不再吃鲫鱼的。建平喜欢吃鲫鱼，听了我那句半真半假的话，却当了真，附和道，鲫鱼有鲫鱼的香，往后吃的时候别说话就是了。那就给三万吧，譬如我们去趟新、马、泰。

今朝建平出发，我送她下楼。那推车蛮重，下楼必须拎手里。去年为五楼装潢，她腰肌伤了，不宜太用力。昨晚费尽周折才把放进推车的东西搞定，最终不得不拿掉两件，太多了，可出发前又被她硬塞了进去。我要拎推车下楼，她推开我的手。我只好随后。她下一级，歇一歇。我也跟着歇一歇，就在这时候，发现她乌黑的头发里添了白发，尽管不多，却刺眼，就在我眼皮底下。到了楼底，她喘了口气，喘也喘得悠悠的，不让我觉察吧。推车到了地上可以推了，不过，上下公交车还要拎的。我送她出了小区门，走了十来米，她要我回去，又叮嘱几件事情。我还想送送她，她不肯，竟站下来不走，逼我返回。我只好返回，走出几步，转身望着她渐行渐远，有点心酸。

回家时遇到一位老人，人称泥团团，几乎天天见。他家有卫生间，但白天总是去附近的公厕。以往遇到他，我只扫一眼，现在会盯着他看。听说他女儿因为一场车祸受伤，肇事者逃逸，治疗的担子只得由他挑了。他打三份工。走路老是打溜溜，有时骑自行车，那种除了铃不响其他都响的，四到八处奔。可惜，两个月后女儿却死了。今朝泥团团走起路来脚是拖着走的，鞋子的颜色也不一样，两眼发直，他绝望了。

我们有希望。吃苦算什么？

那天聚会，个个晒幸福。有人说，他孙子每天长 52 克，说着打开手机让我们欣赏。我也看了一眼，煞是可爱。又有人问：你新区的房子可曾去住啊？

他们的幸福，我没有。不过我曾在《常用字解》上读到，所谓幸，最初的本意只是“倖”——侥幸而已——仅仅是双手被手枷铐住，就算过了惩罚的关，侥幸就算幸运。这样的“幸”，人人都有，只是我们忽略了。

所谓“福”，《圣经》里一句话，可以当作对“福”的诠释：“饥渴慕义的人有福了。”这样的“福”，人人也会有的。

昨天在公园，看到一位熟人坐在轮椅上被他儿子推着走。相比之下，我走得多自在，多舒畅，甚至，多美！要快就快，想慢就慢。忽然，我加大步伐，竟也有了幸福的感觉。

唉，多少年来，我感受幸福的神经太松了，而感受苦困的神经又太紧。真应了一句俗话：“只记得吃拳头，不记得吃馒头。”

泥团团为亡女放焰口。听说钱是借的，放焰口的道士不要他的钱。可泥团团过意不去，也担心不收钱的道士可会敷衍了事？甚至，办事不花钱是否少点诚心？所以，最终硬把钱塞给道士。

今朝才听说，泥团团的女儿不像泥团团，能刮刮的，真是“瘪稻出好米”了。她是为泥团团买汤包而丧生的。

汤包名气大，一笼六只，八十块。她哪舍得买呢？即使舍得，买回去也会被老爸臭骂的。可邻居都吃过汤包了，好像不吃一回就算不上奔小康似的；吃了爱嚷嚷，不嚷嚷就像没吃似的。她听了不是滋味，想让老爸也尝尝，买两只，打算说厂里食堂做的，发给职工的。

那天她下班，买了两只热腾腾的汤包，连忙往家赶。汤包一冷，味道会打折，而重新加热又烦难。她骑车到了安宁路口，急转弯，没朝后头望一眼，被摩托车撞出去老远。那骑摩托车的只愣了几秒钟就逃了。

泥团团拼命救女儿。女儿心疼老爸像流水一样哗啦啦地用钱，也不愿日后做个半死不活的人，自尽了。留下几行歪歪扭扭的字，写在病历上："爸爸，我还是走了好。往后我不能孝敬你了，对不起你，我不走，更对不起你！爸爸，我求你，把我有用的器官通通换成钱……"那个"钱"字，右边只勉强写出两横，最后两个笔画写偏了，像倒下来的惊叹号。泥团团哪舍得去碰女儿的器官？他把病历贴在心口哭，恨不得把它塞进肚子，变成他的器官。他几乎疯了。

放焰口要吹吹打打。以往听到我会烦躁不安，这回心沉下来了，居然可以听听。它不仅为亡女致哀，也是向生命致敬，不仅给这位亡女，同时还包括所有的亡灵吧。

每次梦见他，总要告诉建平，早上不说，特别是早饭前。过去母亲定的规矩，早饭之前不能说梦的。我们都在吃午饭的时候，作为午间新闻，不是放头条，就是压轴。尽量说详细，不管那梦如何短暂、朦胧或者离奇，都当作来自彼岸的信息，然后共同品析，似乎要勘测其中的密码，获得某种暗示和慰藉。

假如，当天遇到什么事，勾起对梦中人的回忆，那就称得上母亲所说的“应梦”了。梦似乎有了圆满的完成。

不期而至，是死亡的特权。当一个人面临死期将近，他会做些什么？当然是做他认为最重要的事了，那也是形形色色的吧。

十二世纪，日本有个平忠度，本为殿前武士，权倾朝野。一场内战爆发，平忠度败局已定，逆着溃军，冒险返回京都，叩开藤原俊成的家门，向藤原俊成鞠了一躬，说，我命运已近终结，坦然无怨，只想把一生撰写的和歌托付给您。藤原俊成是和歌集的编者，天皇任命的。平忠度但愿和歌集录用自己的作品，纵死也无憾，于是从铠甲里头取出和歌，深深一拜，疾驰而去。几年后，藤原俊成编《千载集》时，既哀平忠度诗心，又不能不顾忌他名在钦案，只好以“佚名”为名，录其一首：

志贺旧都尽荒芜，
唯有山樱开若初。

诗以废都与樱花为意象，把人世兴衰与自然四季的循环放在一起，对比鲜明，映照人生。

时间与永恒，是人类永远的焦虑。千年前如此，千年后也是如此吧。

气温 38 度！水泥墙壁被阳光照得雪亮，眼睛不敢朝它看。吹在身上的风不是热风而是烫风。走路见树荫，哪怕只有伞大，哪怕还得多走几步，也要从它下面走一走。

路路和米米在“前线”，气温 39 度！如何熬呢？

我大开眼界。

公园河边的树上掉下一只毛毛虫，刹时仿佛使了魔法，悬在空中。细看才发现，它嘴里有根亮晶晶的丝绕住了树枝。我担心丝断，一断它便落水。没想到丝不断，它身子不仅不再坠落，反而缓缓上升，原来，它把嘴里拽出的长丝，一点一点地再往嘴里吞了。而从它身子蠕动的样子推测，肯定艰难，进度只能以毫米计算，最要紧的是力度。太轻，无法吞丝引体向上；太重，恐怕丝会断。忽然，起风了，那根丝晃动大了，更容易断。只见它翘起尾巴，逆风一扭，像拨舵稳定风浪中的小船似的。我凝神屏息，几乎看呆了。最终它回到树上。这是一次意外事故，还是自救的演习？无论是什么，它成功了。我仰起头来还想看看它。它不接见，低调极了。

那年父亲亡故，母亲常常独自坐在堂屋，头抬起来，目光透过天窗望着空中，满脸肃穆，叹道：我是罪人哦。

所谓罪人，是民间说法，大体指苦人的意思，颇有甘愿受苦的意味。不过细细推敲，把受苦说成受罪，把自己定为罪人，又似乎另有意蕴的。

按照某些宗教的教义，人是生而有罪的，罪是与生俱来的。母亲虽然只是个佛教信徒，却也有罪感，她感喟的罪人，比单纯地叹苦凝重了，其中有点为苦难担当的自觉，还不无忏悔的意绪——这就接近宗教了，宗教有自罪一说的。

我也是罪人哦。比起母亲，我自罪的成分浓了，也深切一点。自罪不仅不会使我消沉，反而能激发赎罪的能量。自罪通往自新。

何君关心我，向我介绍一种保健药，说效果甚好。我未动心。昨天，我们参加一个活动，返回时车到她的小区门口，她邀我到她家去看看保健药。我不大想去，又觉得不能拂人好意，于是跟她一同下车。

A 小区是新城高档小区。我也曾向往的，准备把现住的卖掉，再添点钱，在那里买套新的，可自从出事之后，想也不去想了。

我打算到了她家，门也别进，等她把药的盒子拿给我就是了。可她请我入屋。入屋后，她不提药，先领我上上下下参观一番。那房子大得可以捉迷藏了……我心里有点失落，像忽然面对一面镜子，照见自己的丑陋。好容易等到她把药品盒子递给我，我赶紧告别，匆匆出小区，竟走错了路。

回到家里，不曾跟建平说。

我心里泛出淡淡的委屈，还有一丝酸楚，好像我也该住进A小区的。然而，我不能了。钱要用在刀刃上。

我住的是老公寓楼。其实也才二十年，二十年就让一幢楼老了，我又替它委屈。不过，如今是什么年代？日新月异呀。人也好，物也好，容易老啊。这些年来，还有什么比建造高楼大厦更容易让一座城市疯狂？

大凡友人久别重逢，常会问一句：你现在住在哪里？意思就是探探你住房可曾升级，住房升级当然意味着生活升级。能升级的都升级了，有的连升几级呢。可我是个留级的。

古人说，尺有所短，寸有所长。我们老楼也有优点的。它闹中处静，阳光充足。我住过二十四年的公园，离老楼只有一百多米。五楼的一套是女儿的，平时空关。三楼的人家搬新区去了，一直空关。我住的四楼在中间，虽不是那种有天有地的独幢，倒是无天无地的独套了。仿佛老天为我设计的。

何君的住房大，天空窄，周围楼太高，看天必须抬头仰视。而我站在我家西阳台，举目眺望，那天空多么辽阔，鸽群飞翔，常常飞成一瓣一瓣的太阳。假如台风光临，"飞云当面化龙蛇"，那简直是满天动漫了。雨果爱看天，山涛也爱看天的。贝多芬甚至感叹："我的王国在天空。"我住的老楼是"天景房"！

唉，我如此想来，似乎在玩"精神胜利法"了。不过，所谓胜利，首先是心理感受，精神的胜利。就连白乐天，也深谙精神胜利之道。他跟短命的颜回比长寿，跟挨饿的伯夷比温饱，于是感叹：“幸甚幸甚，余何求哉！”他真是乐天哦。

人道是，不满是上进的车轮。那也许指车的前轮。我看满足像后轮。多个后轮，岂不更加稳妥呢？

看来，满足也是一种能力。面对有些事，我们没法改善了，那就调整看取的目光和感受的心态吧。“万化根源总在心。”

路路从“前线”回来，满面倦容，也晒黑了。

建平为她烧了百合绿豆红枣粥。她吃得不多。她想买只小冰箱，车用式的，“前线”需要。可我们对其实用表示怀疑。她解释得有点急，她容易急了。也许，通到花钱了，我们都急了吧。气氛不大好。

她回来前，我对建平说，路路这趟回家，再给她一点钱吧，建平答应的。我还随即给她发短信，让她宽心。可建平今朝却说，钱下次给吧。我趁建平去厨房，赶紧告诉她。她说，不要紧，我有。看来她有些失望的，尽管她不会急等我们的钱。

她过去用钱手脚大，现在显然小了，但以我们的尺寸衡量，恐怕还是大的，所以我们对她资助的节奏和额度是控制的。然而，这回也许控制过头了。我有些不安。

她离家，我送她。下楼时，我脚步忽然缓了一拍，她转身朝我看看，也许以为我会掏私房钱给她吧？以往倒是有过，可这回没有。下楼后，我又说，下次回来给你钱。她又说，不要紧，我有。她推着摩托走了。

我看她推车吃力，送她向小区北门走了几步，立即转身，迈出小区南门，朝东张望，想看看她从北门驶出，往东拐向人民路朝南前行的身影，因为是白色的车，醒目，相距一百米。我看到了，一闪而过，大概是她吧，睁大眼睛还想看看清，一闪而过了。

后来，我有些懊悔，应该掏点私房钱给她的。可私房钱也得慢慢掏啊。其实，我可以吩咐建平取“公款”给她，不过建平已经说了“下次”了，也许她有她的道理吧。

看来，私房钱还要多聚点。尽管，只要路路开口，建平也会给她钱的，但私房钱是我慢慢积蓄的，稿费、慰问金、偶尔为某部门帮忙的报酬，少则一百二百，多则三千五千，虽属小小的钱，但更是我的心血和心意呀，远远大于钱的钱。节骨眼上塞给她，与其说暖暖她的心，还不如说宽宽我的心哦。

父亲的忌日。

父亲生前难得回家，想来是思念我的，只好不断托人给我带东西。吃的最难忘，那香草饼干跟我们镇上的饼干不同，它装在彩色铁皮桶里，我吃光饼干就把空桶当锣鼓敲，直敲到母亲敲我的手。

我十四岁那年，父亲身体不好了。我去上海看父亲，用香草饼干桶装满鸡蛋，那沉甸甸的桶，倒像一只大鸡蛋，一路上乘车坐船，我把它捧在怀里，我似乎成了更大的鸡蛋了。到了

一棵倒向水面的柳树

上海，一只鸡蛋也没破。父亲伸手按在我头顶，摩了三圈。

那是我跟父亲的最后聚会。

父亲是在一场劫难之后患病的。他的悲伤愁苦，我现在更能理解了。他是个内向的人，虽然上海有亲属，有朋友，却没有可以说说知心话的。他又不抽烟，不喝酒，不品茗，就连玩牌下棋之类的消遣娱乐也不沾边。即使给母亲写信，极少吐心曲。母亲说，他有八百担的心事。他被心事闷出了病，五十七岁就走了。

那年，我十五岁，仿佛一夜之间，变成另一个人了。我拿过全校跳绳比赛第一名，却不再好动，拿过演讲比赛第二名，却不再爱说话，抑郁了。尽管，往后几十年，我曾多次受到命运的恩宠，但抑郁的因子一直沉在血脉里。我稍许像样的作品，调子难免苍凉，我三部长篇小说主人公的结局，全是死亡。

然而，少年丧父何尝不是我早到的成人礼？有人说，成名要趁早。古人说，“岂能长少年”，成人更要早吧。

父亲的遗物，只剩一块怀表了。我寻出来，捂在手心，似乎还想感受父亲的体温。我拧紧发条，那秒针动了，赶紧贴耳根，听见瑟瑟响，像说话——父亲隔着阴阳，用另一种语言一吐衷肠。

父亲，我也遭遇劫难了。我也是容易郁闷的人，可我不能闷出病来，不会闷出病来，父亲。

我在公园的“夏宫”坐坐。四棵冬青树倾向河面，成了碧绿的拱顶与垂帘，一点也晒不到太阳。波光反射到近水的树叶上，映成点点光斑，像叶上的露珠晃呀晃，快滴下来的样子，却滴不下来。树木的花絮如雪如蝶，有的落在我颈项，还颤了几颤，挠我痒痒，不禁一笑呢。至于那香味，浓得醉人了。

“夏宫”蚂蚁多。专家说，蚂蚁是地球上的卓越生物，超级生命。可我讨厌它朝我身上爬。倘在以往，我手指一捻，它便粉身碎骨。现在，不忍了。不管它是否卓越与超级，它总归是条命哦。何况在哲人眼里，人只是包括蚂蚁在内的草木虫鱼的侪辈而已。

每当大蚂蚁爬到我身上，我用手指把它掸下去，撸下去。细蚂蚁呢，我就不忍动手了，怕伤它筋骨，只好鼓足一口气，把它吹走。对它来说，也许像遇台风吧，不过落在草坪上，伤不了的。今朝，我把一只细蚂蚁吹下去，片刻工夫，它又爬到我手上了，看得出是同一只，乌黑发亮，摇头晃脑的。于是我又吹，它居然上上下下，我吹了又吹，它会不会觉得在我的“台风”中飞得好玩呢？不管了，我只好吹，总归不动手，君子动口不动手。

常言道，血浓于水。其实，血也会溶于水的。

我去看筛其，先乘公交车，然后徒步。偶尔发现环城路旁有片树林，于是就从树林走。没想到树林南边是块田园，玉米、花生、芋头、芝麻，排成方阵，接受检阅似的。黄豆即将谢幕了，还有华彩，不光豆角累累，叶子变得半黄半绿，黄则金黄，绿则碧绿，宛如一蓬花。扁豆一串一串的，紫红色，像鞭炮。笋瓜白白嫩嫩，满地都是，像躺在床上的乖宝宝。

我喜欢菜农做活的样子，那种不紧不慢，绣花似的。特别欣赏那位妇女身边的小凳，方言该叫“爬爬凳”吧。虽然没上漆，因为用久了，表面泛出一层近乎皮肤似的光泽，像宠物乖乖地蹲着，只等主人一声唤，也许就会爬过去呢。

一块刚翻过的地，泥块呈片状，像一排书，又像几坨纸，想起一古诗：书似青山常乱叠。就当上联吧，我出下联：泥如纸页正翻飞。

树林里的泥地走得惬意，平时走不到了。有的地方潮润，踩上去会留脚印。多少年没看见自己的脚印了？我朝它盯了几秒钟，像欣赏月球上的那颗脚印。

如今，越来越多的土地被水泥吞噬。对于土地而言，水泥是毒药，它会把泥土闷死的，死了就没弯转了，跟人一样啊。在拉丁语中，表示人类的 HOMO 是由 HUMUS 演化而来，它的本意是指“有生命的土地”，倒是把人与土地相提并论，合二为一了。

记得母亲说，狗打死了，不能放地上，时间久了它会复活的。狗的心是土性。我们的心大概也属土性吧。汉语表示心灵的词，分明有心田与心地的。

忽然，玉米地头钻出一条黑狗，汪汪叫。自从崔益稳在诗里跟狗称兄道弟，我对狗也刮目相看了。我站定不动，把口罩一摘，仿佛刷脸，黑狗不叫了，倒像崔益稳的狗兄弟呢。

很久没生气了，刚才只为一句话就生气。

看《养生堂》节目，专家强调，只能吃个七八分的饱。而我往往八九分。总结原因，主要因为菜多，不忍剩下，而剩菜是不吃的，倒掉又可惜，便多吃了。建平今朝炒白菜炒了一大盆，我说，一半就够了。她听了不快。也许她心里本来就不爽吧。颇为讽刺的是，大白菜被吃了个精光。这可能因为吃的时候没话说了，只好埋头吃菜。她不该为我那句话生气，于是我也生气，除了吃饭不说话，饭间服维 C，也没按惯例给她一粒，等于制裁了。

写到这里，又觉得不该埋怨，多大的事呢？怨气等于毒气。我怎么像个怨妇？

还是多想想她的长处，对我的好处，再想想亏待她的歉疚之处吧。比如，比起有的朋友，我们的住房差了。作为男人总归要让女人的日子过好点，而如今日子好丑的硬指标似乎就是房子。有什么办法？至少，房子是面子。假如一听你还待在旧城老小区，有何面子？我无所谓，真的，“我有一瓢酒，足以慰风尘”。然而，她呢？她即使泛什么泡泡，也在肚子里。她偶尔说到朋友的新居豪宅，都是“客观报道”，毫无羡慕之意，这就不错了。至于缺点和脾气，哪个没有？我没有么？更何况，我们又在难中，假如挺不起来，走不过去，不仅没面子，“里子”也没有哦！

有人说，婚姻像结伴登山，越往高处，两人靠得越近。一点不错。如果到了险处呢？靠得紧点才好吧。

上次从何君家回来，提醒自己多看天，可看得并不多呀。如今要养成一个雅兴跟克服一个陋习一样，都不容易了。

这几天倒是看看天的，不过，与其说是我想到天，还不如说西天的晚霞实在撩人。那千姿百态的五彩云朵，在成为落霞之际，伴随夕阳的西坠，不断变形，同时由炫丽到黯淡直至消失，足足个把钟头，也是大片呢。

今朝我在阳台看久了，那几片剩下的云已经灰暗，即将被暮色吞没，以为不好看了，转身去厨房。可是，片刻工夫，当我从厨房走出，朝它再瞥一眼，它突然变成一缕彤云，那该是沉入深处的夕阳，攒足力气为它吐出的最后辉光，它正好给新落成的高楼玻璃窗抹上一丝橙红，像刹那间替几百个小脸蛋化了晚妆。

晚风阵阵吹，从高高低低的大楼间掠过，从无数大大小小的空洞里穿过，幽幽地响，犹如硕大的排箫演奏晚祷。

公园河边的那棵柳树倒了，渐渐往下倒的。

当年住公园，常去看的柳树，就是它。它不仅是沿河二十一棵柳树中的老大，还因身子贴近水，柳条恰如女人的青丝垂下来，映在水面加倍地长。

古代文人都爱柳，除了它姿色秀美，生命旺盛，还看重它的谐音——留：留念、留恋、留情……友人临别，往往会折柳相赠的。

至于陶渊明的"五柳先生"，其实就是他自己。他家屋旁就有柳树与他做伴。为何不是槐，不是桑呢？他在那个乱世，出仕，归隐，折腾好几个回合。他会不会在每次回归田园之初，种下一棵柳，提醒自己，"留"下吧，别再去做那受罪的官了，于是，反复五次，种下五棵柳呢？

我把自己赶出去，坐公交车兜了一圈，觅到两个"惊叹号"，破闷。

我前头五排的座位上，坐着当年的邻家姑娘，三四十年不曾见了。假如我们在家里或者什么公园、茶座会面，无非话旧，感慨，像通俗剧似的。而此刻的不期而遇，我看得见她，她看不见我，可以静心欣赏时光雕刻的一件作品。那青葱往事，伴随公交车前行的节拍，闪闪烁烁，多像一部黑白的默片？蓦然，心里飘出一句歌，就当片尾曲："请你祝福我，我也祝福你。"

车厢当中有说笑，大家围着一位老奶奶，九十五岁了，她到人家打牌的，乘车回去。她说今朝输了三角钱，还亮出三只手指晃了晃，那也近乎兰花指了。其实，她赢得更多——脸上的皱纹里淌满欢喜。到站了，她缓缓起立，挪步，下车，全在板眼上。我们举起手来挥了挥，向人瑞致敬。

看看那些树叶吧，像字——字典里的那种字，静静的，密密麻麻，只要找到它，总是碧绿的。

那些鸟呢，也像字，有的眼熟，比如麻雀，比如春鸟——常用字。偶尔会有生僻的——从未见过的鸟，不管生的，熟的，这些字能飞，会给你联词造句的。假如它一叫呢，便谱成曲了。

常常感到来日无多了。我替自己算命，也许，只有几年吧。一年三百六十五天，也就是几千个日夜吧。所谓向死而生，以往只是个概念，现在却似乎裹着一股阴森森的气息逼我就范了。看来，该给自己作番终极关怀，像构思作品的结尾。我倒是重视作品结尾的。老百姓把这种结尾称死场，还说死场要好。不过死场未必人人可以掌控的。所谓好，就是不至失去尊严，不至过分苦痛吧。当然，最好是感到此生可以休矣，那就就此休了，而且能在睡眠中完成，让短眠跟长眠来个无缝对接吧。

那位写《情人》的杜拉斯，说得多潇洒："我已经没有什么可死了。"大概像火柴，划燃之后，一直燃到头的，最终成灰烬——死了，正好。不是燃到一半就被风或者被什么弄熄了的。

似乎死得很合算，她还得意扬扬呢。

死去的悲哀就是跟这个世界永——别。即使活得已无生趣了，亲情总归难舍吧。据说，古代埃及人在亡者的棺椁上画眼睛，也与不舍有关吧。

上帝如果能通融，那就让死者有个机会回望人间，打发一下“生愁”。

常在手记里写到上帝，不知不觉地。我笔下的上帝与宗教无关，那意思近乎天地，就像老子所谓“天地不仁”的天地，也像百姓所说“天地良心”的天地。它神圣而神秘，无所不知，无所不能，无所不察，又无所不容，象征那种终极的公正与慈爱，让我敬仰和敬畏。

我把自己赶到泰州，参与《泰州古镇丛书》的策划和组稿。

古镇作为城市的胚胎和根系，其文化富有根性。“夫物芸芸，各复归其根。”根的差异无疑是最原始最本质的差异了。可随着经济的全球化，文化同质化的毛病已经显现，而就文化而言，差异性却是它命中注定的特质。我们追怀古镇的风俗、风物与风情，有助于增强保护文化生态的自觉和自信。

我之所以乐于此事，还与陈克勤有关，他是《丛书》主编。去年我遇不幸，他帮我分析困境，反复提示我调养身心。我谋划《丛书》，也是调养身心的良药。

我到过沙沟、古溪、黄桥、溱潼和白米……对于一个作家来说，泰州古镇我去得太迟了。

古溪座谈会，来了十八位老人，个个谢顶，争先恐后谈往事，像十八罗汉。

在姜堰见到七十二岁的郑应松，他那双握了大半辈子锄头的手，写出一本《百年坡岭村》，开了中国农民书写村史的先河。

黄桥偶遇刘鹏春，好朋友，多年未见了。没想到他弟弟鹏凯、鹏旋也是文章高手。

筛其陪我去了三个古镇。每当我说得太多，他就拱拱我，怕我吃不消。新宇主编的《古镇季市》，我送各地作参考。

失眠也会想起他。他后来也是失眠的人，比我重多了。如果不是痛苦难忍，如果不是旷日持久，如果不是到了普通药物无济于事的地步，他不会以冒险的方法拼出只有八分钟的深睡。可是，那天他失手了。

那天是中秋节。

中秋节快到了。月亮一天比一天亮，我心里却越来越暗了。建平何尝不是如此？远在“前线”的路路更是如此吧。

今朝路路回来。我知会建平，做几样她喜欢吃的。她快到家了，我把她进屋要换的拖鞋放整齐，位置竟调整三次。尽管一只耳朵聋了，她上楼的脚步声还是听得出的。

她瘦了，吃得不多。除了说说“前线”情况，话也少，即使说到米米的亮点，说到学会做哪几样菜，也面无喜色。

饭后她上五楼，我抢先一步开门，揿亮门外的灯，目送她上去，听见她关门了，我才关门。她关门是仄声，我关门是平声。今朝我却关得没一点声音。我晓得她久未回家，开门之后会抬起头来，面对西阳台的天空，像面对那个彼岸，跟他说句什么话的。

报社叶总请我看看应征的微电影剧本，评选的环节到了。我看完之后也想应征，不过，只敢试试而已。

虽然身体有好转，但这部微电影剧本是“命题作文”——城市形象片。又有不能错过拍摄季节的焦虑，更是“现场作文”了。没把握。叶总、小崔鼓励我，再三表示，不必过于紧迫，还找了几部微电影给我恶补。

我之所以想“触电”，不仅出于对报社的响应，最近几年，报社总能把事情做强做大；也不仅因为电影是我未出成果的体裁，重要的是，他的忌日近了。他走了一年了。秋风撩动心底的阴云，那就让我用纸笔擦出一点光亮。

五十年前，我正是这样做的。

那年，我就读的中专停办，姐姐从工厂下放，父亲于三年前亡故。我没书读，没饭吃，没事做，日子难过了。

我手臂只有锄头柄粗，却看中公路边上不足半米宽的泥地，翻土种麦。我披星戴月进城贩菜，十八里，可几乎毫无收益。

我从街上走，头一闷，沿着屋檐。头发长得像乱草。裤子破了，不让母亲补，请人用缝纫机把贴近膝盖的洞补得像老树的年轮，穿在身上像盔甲，晃呀晃的，还恨不能让它晃得嘎嘎响。

比起贫困，孤独和寂寞更加难熬。

我常看锡伍画麻雀，那种快活的麻雀。有一回，我走进他卧室对面的屋子——他堂兄徐继和的房间。徐继和是北京钢铁学院的“右派”。大约两年前，我站在他的房门口朝里瞥了一眼，发现桌上有叠大稿纸，每页500格，从未见过，我晓得它是用来写作的，但第一次发现，纸对文字竟有如此雅致的迎候。那格子粉绿色，细细的虚线，像刚从泥眼里冒出的芽，排成方阵，为迎接一颗颗种子的落成而暖场。我望呆了。他伏案写作，也许在夜里吧，那神情跟他白天在田里劳动不同吧。

他在田里劳动，老远就能看出来。他几乎全是挑担，即使回乡一年了，动作依然别扭，既成不了协调的节奏，更不会有朗朗的号子喊出口来，那种生硬与沉重，令人想起他母校校名中的两个字——钢铁。然而，他伏案写作该是什么景致？我蛮好奇。只见那稿纸上方写着“我的母亲”，看来是题目，还没往下写。这一幕刻骨铭心。

当时锡伍告诉我，徐继和读高中就写长篇小说《杨和传》了。打成“右派”，回到生祠，依然写作。可父母一点也不理解，以为他的不幸就是写出来的。一天趁他外出，把他的小说手稿扔进锅洞烧了。他哭了三天。他被打成“右派”也没哭。他怨不得，怒不得，也说不得，只有哭了。那书稿是他的心血，他的魂啊。记得那一天，半夜里，我听见他哭，头一回听见男人那样哭，哭声从胸中往外喷，可到了喉嗓口硬憋住，却又憋不住，一点一滴漏出来，我听了浑身发抖。不久，他突然离家，宁愿重返北京去接受劳教。

那天我问锡伍，他在北京还写吗？锡伍说，他离家就图觅点写作自由。他曾经吐露心曲：不管处境如何，总归离不开写作。我听了心里一动，仿佛被唤醒，我也爱写作，看来，写作不只是写作，其中自有心灵的滋润和拯救的。往后，我能不能像徐继和一样，与文学结伴而行？

我疯狂阅读了，好不容易觅到一本巴尔扎克的《邦斯舅舅》，边看边作摘抄。特别热衷俄罗斯小说，其中的苦难、悲悯和救赎，对我来说，既是心灵的抚慰，更是文学的滋养。

后来，我也想写小说了，这个念头的萌动，又与打工相关。打工不卑贱，可我多少有点委屈，虽然没什么文化，却以为自己是个文化人，做的却是简单活计。更重要的是，为了觅到这份活计，母亲不得不跟有关头头说情，而这位头头曾跟我家结过仇的。心高气傲的母亲如何见他、求他？母亲没有告诉我。事情倒是说成了，然而，母亲蒙受屈辱的，我也感到屈辱，我只好用笔墨文字织补破碎的自尊。

小说写的是俄罗斯沙皇时代的题材，主人公也是一个“被侮辱与被损害的人”。从此，日子依然清苦，但充实了，我拥有一个虚拟的世界，我既像帝王，又像奴隶。

那时我能熬夜。写字桌上方是排板窗，可脱可不脱的，我总要脱下一扇，与其说为了通风，不如说为了透光，那煤油灯的灯光尽管黯淡，照向窗外却像一面亮堂堂的旗帜。

邻家姑娘读高三，晚上从学校自修回来，走到街头与同学告别的欢声笑语让我羡慕极了。而自从我写小说，那声音飘进耳朵却不往心里渗了。而且，我总要听到她进门关门之后，才结束我的自修，降下我的“旗帜”。我甚至希望她朝“旗帜”惊鸿一瞥，晓得我也在自修。

小说五万字，取名《幸运》。我想请徐继和看看，可他不在生祠了。

遥想当年未颓唐，倒是靠了创作的支撑。然而，那年我多大？十九岁。如今快六十九了，身心重创了。不过，总归要救自己吧。

我不懂电脑，今朝从报上读到，那个电脑的“五笔输入法”中的 WTKK，是“伤口”的代码，而且与“作品”的代码完全相同。天哪，是巧合吗？

缝纫机响，建平做针线活了。

我们好多衣服是建平做的。不过我最欣赏她把旧的改新的，大人穿的改成小孩穿的，甚至，上衣改裤子，裤子改马夹，一改再改，直到它们变成鞋底、鞋垫和拖把，那种粉身碎骨，肝脑涂地。

今朝她在缝纫机上为我做只新座垫，五颜六色，像一团花。为我的写作开工“奠基”？

唉，我这个人其实不宜创作。

我没童子功，语文只读到初中，考入中专就没语文了。阅读也少，又多是囫囵吞枣。所以，就连文字也过不了关，动不动就得捧《辞海》，久而久之，它硬壳封面的边角被我磨破了。《辞海》翻久了还泛花样，暗中限定，翻三次就得翻到我要查的，于是，打开《辞海》前，手指要在书侧摩挲两秒钟，随即打开，再翻几页也就翻到了。很少翻五次。难得一次翻到，大喜，像盲人打高尔夫球的一杆进洞。盲人一杆进洞的概率是多少？1/12750。

我创作一旦进入状态，思绪就像麦芽糖，难扯断，日日夜夜黏在脑子里，这就耗神了。我不得不随身带个小本本，迎候偶尔冒出的什么念头，有时是细节，有时只是一个词，赶紧记下来，无论在行走中，在病榻上，还是在梦醒时分。久而久之，人不亏么？

这回创作微电影，如履薄冰哦。

唉，要命的还是睡眠。黎明前，一辆车子经过楼下一条没填平的槽子，颠出“咣当”一响，而且总在四点二十分，跟闹钟似的。我常被闹醒，即使已经醒了，那响声也还惊心。我几次想把那槽子填平，可是，让车流绕道谈何容易？唯一的办法，就是忍了。

那车每天经过的时间之早，之准，去运什么货吧。听来是空车，且破，否则不会响声如炸的。车主也是苦人吧，或许还是老人呢。车过响一响，顺便为我报个时，也难说不是缘分。那就心平气和，闻声即起，我们一同上路吧。

城市形象片固然要有意义，更要有意思。我构思的架构是“三凤求凰”。三位男生爱慕靖江女生，他们分别是歌手、摄影家与吃货，既为靖江美声、美景、美食所动，更想参加女生生日派对，以觅芳心。而最终打动他们并且让他们理解女生之所以大学毕业回靖江创业的，恰恰是女生身世故事中的美德。

亮点是香橼。它既是生长的缘，切合了姻缘，又是靖江的市树。

香橼果子金黄金灿，好看，又香。那种幽香，我一贯喜欢。每年总要买上好几个，放在枕头边，搭成“香吧”，伴我入眠。直到香消玉殒了，才把它们捧在怀里，走到楼下，一一放入花坛，播种似的。它浑身皆可入药，行气、和中、化郁，治病救人的，是善果，还可以供在佛前，以示心香。

那天，是公园里的香橼点亮灵感。

我创作的时候要不时停下来歇歇，像潜水员冒出水面来透透气。我的气短，过去四五十分钟一个回合，现在顶多只有半个钟头了。透气频繁对创作不利，有什么办法？如果说，别人创作时的专注像激光，我的专注则像烛光。

我想在太阳穴和额角上抹点白花油，可白花油只剩四分之一了。他送给我的。舍不得用了，只拧开盖子，把它放在鼻子底下闻闻。

不断洗脸。总是先把手洗净——几乎是医生的五步消毒法，然后摊开双掌掬水往脸上泼，搓。洗脸像洗脑，脑子会清爽点。一旦脸被洗红了还兴奋，尽管我晓得那不是真正的红晕，却多少有点像牛看见斗牛士手里的红布似的。

建平担心我太累，劝我休息，我却刹不住车了。她居然把我的稿本藏起来，逼我休息。我总算不曾生气，还暗中得意，我心里泛的泡泡，你藏得起来么？于是，我常在房间里假装听音乐，其实忙着泛泡泡，一旦在泡泡里发现闪光的，赶紧记下来。可一听建平敲门，慌忙掩饰，倒也平安无事。不过，昨天建平进门未敲门，也许忘了，也许故意玩突然袭击，我被活捉，尴尬哦。

忧伤倒是离我远了。

休息时我朝窗外看看。

对面楼下人家在走廊里养了一只狗，狗本不稀奇，稀奇的是那狗黑白相间，而养它的女孩是少年足球队的，退役了，养只黑白狗，当足球玩吧。

她常常逗狗，一副站在球场守门的姿势。偶尔，她抬起脚来踢它，用脚尖，用脚背，踢一次，狗一叫，狗就成了会叫的足球了。每当她进屋，那狗摇头摆尾地黏在她身边，被断然挡在门外之后，只好低下头来吻她留下的足迹。

香橼不仅是剧本的戏胆，它何尝不是生命的典范？它内心苦涩，却给世人飘香。对我而言，《香橼》也是向香橼致敬。

徐老师约我见面，想去什么茶座或者星巴克。我说就在公园吧。

几天前，我们在公交车上偶遇（公交车似乎成了我的会客厅了）。我在车上校对一篇文章，徐老师正巧坐在旁边，看见文章的署名，叫我潘老师。她说她是我的读者。令我好奇的是，数学老师爱文学。她想请我看看她的散文。我当然乐意，我意外发现了一名“文学人口”。

她的散文蛮好，其中对树木花草的描绘蕴含人生感悟，尤为出色。不过我没夸奖她，只提了几点建议。没想到她读过不少经典，连《怎么办》也啃了啃呢。我连看它的念头都不曾有。

她说她还会读下去，写下去，十年磨一剑，似乎动了出书的念头。我说日本有个柴田丰，爱诗写诗，不图名利，九十八岁出了本诗集，由于颇具励志色彩，竟畅销呢。徐老师哂笑了，大概暗想，我总归不会到九十八岁出书吧。

我送本《忘忧草》给她。她有点意外的欣喜，双手接过去的。临别时她从包里拎出一袋什么礼品送我。我不收，转身就走。她跟在我后头，穿过人民路的滚滚车流，拐向小巷。我不得不站下来，还是不愿收。

我看重缘分。在佛家眼里，缘分神秘极了，三生只不过修得同船渡而已。我信不了佛，却信缘。缘的根柢应是爱吧。爱自己，却在对方那里多多少少地发现了另一个自己。

不过写到这里，又觉得徐老师的礼品应该收下，不收让她尴尬了，会不会生气？

又去看看那棵老柳。正巧一位公园的园艺师经过，我就打听，可想救救它？园艺师摇摇头走了。

也许，他们不是不想救它，而是没法救吧。假如把它从水面拉起来，必须用吊车，可四周全是树木，吊车开不进，即使开进了，吊起树干的同时不会不伤根，恐怕也难活。看来，它没救了。

忽然，飞来几只鸟，歇在它身上，叽叽喳喳，蹦蹦跳跳。我一声大吼，把鸟吓走了。

泥团团为他女儿过阴，过阴就是请亡灵回家对话。我从未见过，今朝跟着王老去开开眼界。

过去，对于各种与神鬼相关的民间习俗，我一概视为迷信，不屑的。现在，至少不反感了。它其实是慰藉心灵的一种方式，即便虚幻，聊胜于无吧；何况，流传几千年，不也是文化？

泥团团的家在附近弄堂里，两间小平房，一眼就看出来了。大门的春联是用黄纸写的，大门虚掩。我担心泥团团不让外人进，王老说，笃定，过阴的工钱还在我口袋里哩。我们推门而入。泥团团只朝王老点点头，就转身去忙事了。王老低声跟我打招呼：你当过官的，他嘴笨，不敢跟你说话，别介意。

屋里堆满废旧黄板纸，只剩右侧有块白墙露出来，正中挂着一只用黑布裹住的照相框，是泥团团女儿的照片。由于照相时望着镜头，我看照片时，她的眼睛似乎盯着我，我不敢看了。王老告诉我，那照片是泥团团特地挑出来放大的。泥团团说，朝她一望，便觉得她也朝他望的，她还像活的。

屋子正中是张八仙桌，桌前的小台子上放香炉，青烟缭绕。左边是镜子，右边一碗水。那神汉头顶黑棉袄，坐上八仙桌，忽听八仙桌咯吱一响，还晃动，慌忙跳下来，朝泥团团瞪了一眼。泥团团再三说：不要紧，不会倒。神汉向四周看看，没看到别的桌子，只好先把半个屁股凑上八仙桌面，然后慢慢坐正。一位瘦老头站在他对面，两眼半睁，拉长声音念咒语：

不请不到，

一请就到。

请家神，

请门神，

请七姐，

下凡尘，

找阴人，

找不到阴人早回程。

吾奉太上老君急急如律令。

瘦老头反复念。神汉的小腿悠悠摆动，象征行走的样子。泥团团一眼不眨，盯着神汉的腿，生怕走慢了似的。当瘦老头说，到了，门打开。泥团团一愣，赶紧去开门，可用力大了，门全开了。瘦老头眉头一皱，咕哝，小点。泥团团慌忙转过身来，双手将门推一把，可推得太多了，又拉开一点，同时朝瘦老头瞄了一眼。瘦老头没作声，泥团团这才退到旁边，竖起耳朵听对话。

对话开始了。瘦老头拿腔作调地问，你可是倪桂英啊？

神汉憋着嗓门回答，声音似从老远飘来，我是倪桂英。

你在那边可好啊？

好。

你老子为你扎的房子、车子，还有手机，可曾收到啊？

收到的。

你可曾看见你妈妈？

看见了……

瘦老头又问几句（我记不得了），念一遍咒语，说，打转吧。神汉的脚慢慢停下来，仪式结束。这时候，忽听泥团团学着瘦老头，憋起嗓门喊："桂英，我有钱。老话说，钱是人身上的砚，擦擦总归有的……我有钱，你放心。"瘦老头朝他连瞪几眼，他才闭嘴，嘴唇一直在颤抖。

我们返回时，边走边议论，最后，泥团团为什么吼了一嗓子？王老说，他想女儿想痴了。接着告诉我，泥团团为女儿治病欠了一屁股债。现在替人运货还债，用电动板车，早上四点就出发……我心里一动，原来，凌晨在我楼下发出"咣当"一响的是他呀。

徐老师约我在图书馆会面。我提前站在阅览室门口等她，不时看看哪个座位合适。几分钟后，忽听楼梯咚咚声，越来越急，以为是个调皮的孩子，转身一看，是徐老师。她嫣然一笑，说，不好意思，迟到了。其实只迟半分钟。

我们隔着桌子坐下来。她探问一些创作常识，我一一回答。谈到创作与生活的关联，我话就多了，勾起往事了。

唉，即使是艰难困苦，经过几十年时光的酿造，也会渗出甜来，那种亦酸亦苦的甜，更别说曾经的荣光与梦想了。我特别留恋过去，我大体上只有过去了。而回忆往事，家人愿听么？

他们听过了，共同经历过了，同辈的知己无需听了，一个晚辈乐意听，她虽属初识，却像故知，不妨说说吧。可只能细声，有人在阅读，尽管只有三位。压低声音说，反而费力，还透出莫名的私密，也让叙述多了一种“变奏”呢。说到关键词，我不敢高声强调，又怕低了她听不见听不清，于是掏出笔来在纸上匆匆地写。她不断站起来看，有时写得太潦草，她看了又看，这才露出会意的微笑，那笑容里透出的清亮，难得一见。我越说越来劲，说到当年如何学习徐继和，在困顿中创作《幸运》，接着，竟说到我在近年的变故中同样靠文学救自己。所谓变故，未明说。但她目光中闪出一丝黯然，大概也意识到那是什么灾难了。

所有的偶遇都是重逢。我们像前世失散的故人，乍然相会，倾诉今生的事情。

天天在公园遇到孙老。他八十六了。他记得我在《靖江日报》发表的《除夕黄昏》，写到一位流浪汉。好多年了，他还有印象，他说他喜欢看写苦人的。

我以往写苦人，多少有点居高临下吧。现在不同了，我也是苦人了。一旦发现苦人的闪光，更会心目一亮的。而孙老的欣赏，倒让我更加用心了。

我写《修锁的》。那位修锁的，估计曾是企业的小头头，迫于生计才修锁，可是没生意，他却天天去。天天有人找他谈心说事。他乐呵呵，听的人最终也乐呵呵。他会开“心锁”。

我写《收垃圾的》。七八岁的孩子像候鸟飞来，跟收垃圾的妈妈团聚，在妈妈的垃圾车上过“夏令营”。矿泉水瓶成了他手里玩耍的魔方。而当他学着妈妈吆喝“收——垃——圾——”，妈妈突然夺过他手里的矿泉水瓶，朝他头上敲了一记。他两眼瞪得滚圆，好诧异啊。

后来，孙老跟我在公园相遇，常常报出我新近发表的文章题目，像彼此联络的暗号。假如声音高一点，手也挥起来，那是他看到我写苦人的了。

所谓苦人，也能自得其乐的。

桥头有位盲奶奶，以往在乡下，最近才住到桥头的公寓里。偶尔外出，有人搀她走。不过，她手里还会捏住一根棒——文雅的称呼，该叫明杖吧。她有两种明杖，去远处，用涂了红白两色油漆的，在附近走动只用普通竹竿了。

有时她手握明杖独自来到桥上，朝栏杆上一靠，晒太阳。没太阳她也站那块。起初不知其故，后来我发现，她的头稍微倾向河面，估计在听小河淌水吧。小河细虽细，曾是护城河，而且，跟长江的姿势一样，向东流，有底气的。我们听不见，也想不到去听，更不会觉得那有什么好听的。她爱听，也听得清，盲人听觉特别灵。一旦脸上漾出的笑容一闪一闪，那是她从四周杂音的缝隙里听出来了吧？

我和徐老师在公园会面。我用一本厚书垫在石头上，让她坐下来。她只说几声谢谢，不曾坐上去。

不知谈到什么关节处，我提起遭遇的劫难了。最好不说的，却说漏了嘴。现在想来，似乎不倾诉，我们就无需相逢，也不足以体验我们的伤痛应该有个呻吟的机会和聆听的待遇，因此便辜负上苍赐予的机缘了。当时她没朝我望，也无惊骇和诧异的表情，只默然片刻，像朗读同一篇文章的另一章节，说，我丈夫两年前去世，车祸……

我感到震惊，不仅因为几次交往中看不出她神色里残留忧伤的云翳，还因为也是丧夫，也是猝亡，跟我女儿一样，同是天涯沦落人。

她哀婉的目光注视远方，一动不动。我说不出话来。白杨树叶瑟瑟地抖。一只鸟儿尖叫一声，从我们头顶掠过。接着她叹息，五年之内，接连失去三位亲人……

如果说，以前她在我心目中只是个女子，而此刻，她似乎也是我女儿了。当她说到最心酸的一个细节，声音忽然暗下去。我以为她会掉泪（路路往往如此），赶紧掏纸巾给她。她接过去，说声谢谢，却未拭泪，她没流泪。

她告诉我，那段哀伤的日子，极少与人来往，固然不愿，更不宜，别人见了不知如何是好，彼此尴尬。于是像受伤的动物躲入洞穴舔伤那样，钻进书里。读书是她心智穿透苦困的幽径，由此与书结下了缘分。车尔尼雪夫斯基的《怎么办》，就是那时读的，难读也想读。最初打动她的，也许是书名：《怎么办》。好像谁在冥冥之中向她发出一声深切的询问，又好像书里会有应对所有苦难的办法。读书让她不知不觉地提升到一个人生高度，引导她俯视红尘，洞悉世事，省察自我了。旧我慢慢变新我了。终于，她跟现实包括苦难，渐渐撕开了距离。她有位亲属，由于悲伤和误会，在电话里骂她，她没申辩，也不解释，只把手机放到一尺开外，好像听电视剧的台词。

今朝她顺便去图书馆还书，令我意外的是全是哲学，北大的课本，还有李长之的《西洋哲学史》。相比文学，哲思更能照亮思想的折皱。她厉害了。

临走时，她把垫在石头上的书拿起来扫了一眼，问我，可要？我摇摇头。她把它塞进包里。

让我意外并且羡慕的还有她的健康。眼睛不算大，眼白格外纯，那眸光就亮多了。圆端端的脸，看不出一点色斑，哪像从苦难中熬的？哪像我们？

唉，有个细节值得反省的。就在她诉说伤痛，楚楚可怜的那个瞬间，我想抱抱她，像父亲那样，但犹豫了，不晓得可有属于父亲的那种拥抱？现在想来，幸亏犹豫，拥抱也许吓了她，又在公园，还会吓别人；何况，更要紧的是，我拥抱我女儿么？

我们结成伴吧，在各自的坎坷里前行。呼喊能应答，歌哭有和鸣。

爱因斯坦给友人的遗孀写信说："按照相对论，若时间是不确认的，那我们就不知道他是否先于我们而死，因此你不必悲痛。"

真是曲高和寡了。我甚至有点反感。"若时间是不确认的"？不是什么都可以"若"嘛！"若"死亡是不确认的呢？那更干脆了。不是什么都可以"相对"的，它并非物理，它通到伦理了吧，尊敬的爱因斯坦先生？

我生日到了，母难之日。那年母亲三十九岁，真可谓"难"了，没想到是双胞胎，全家乱成一团。父亲一口气撕开两条被单应急。可惜，胞弟不久夭折了，我是幸存的。

我怀念胞弟，过去从来不曾有过。我们一同离开母体，来到这个世界，他只活了几天呀。据说，双胞胎的DNA是相同的。如果他未夭亡，我就多了一个我，不仅多了个兄弟。他的不幸可能因为先天不足，而他的先天不足也许倒是成全了我？

清晨，我在西阳台跪地朝西——我父母墓地的方向，磕头。这是惯例了，不过，今朝我竟久跪不起呀。父母当年花十两黄金救了患病的女婿一命。我没有救得了女婿。也许，我只要十分的警觉就够了，可我……

如今想来，我女婿固然是突然离开了我们，其实，也是渐渐离开的。只可惜我们还不能通过缝隙发现深渊。

我们总是忙，不能不忙。但忙碌中会不会把最要紧的忘了？

那些潜在的危险，包括起码的常识？“忙”与“忘”，两个字的结构都是“心”和“亡”。老祖宗早有暗示的。

去年我生日，虚岁六十九，所谓大生日，按风俗是要贺一贺的。可他走了才几天，哪有心思贺寿呢？没想到晓庆、小崔和余亮为我庆生。

人不能没朋友。古人的“五伦”中有朋友：君臣、父子、兄弟、夫妇、朋友。尽管朋友排最后，但一旦前头四组关系，彼此相处像朋友，那就和美了。

人不能没朋友，特别是“铁”一点的。能帮人的时候要帮人，可我以往做得还不够，往后也没什么能量和机会了。

真应了一句歌词：“一句话，一辈子，一生情。”

真正知己的朋友极少，那种意气相投，志趣相近，惺惺相惜的，固然彼此帮助，却又不计成本，不图回报的。得一足矣，何以足矣？因为难矣。

我七十在望，老了。

人到老年，如同大考。尽管从童年开始，人是一场一场考过来的，但老了像大考。学生时代的学科考核，是由小考、期中考和期末大考的成绩按比例结算的，大考成绩占比最高。人生恐怕也是如此吧。可真正明白这一点，往往老了，迟了。

假如，老加病再加灾难，那算什么考呢？

徐老师发来短信，想去公园，不知我可有时间。我用短信问她，大约几点钟？随即把手机塞到毯子底下，让它静音，防避她回电的响声被家人听见。似乎有点心虚，其实不必虚，总归小心为好吧。但愿我与她的交往是个秘密，碧青碧绿的秘密。我没什么秘密了，那种可以滋润心灵的秘密，也是秘“蜜”哦。

接着，我一边在客厅剥豆，一边谛听毯子下面的手机可有声息，三次把剥出的豆子放在豆壳的盆里。一直没动静。直到家人出去了，徐老师来电话，说她在学校，可以挤出一个钟头去公园。我说，是否太仓促呢？尽管想见面，但又不能不提醒她。她却断然说，我去，马上到。

我带一本卡罗尔的《单独飞翔》去公园。那年写《幸福花决心要在尘土里开》，为了了解国外单身女士的生活，读过《单独飞翔》，后来它就被束之高阁了。徐老师爱读书，又是单身，给她看看有好处。她见了果然眼睛一亮。

她想为我做点什么，否则过意不去，比如，帮我打文稿，教我上网……我都婉谢了。她想结识我女儿。我心里一动。女儿有闺蜜，其中一位大学同学，单身，她们常聚会。假如徐老师加盟，倒会给她们这个“独联体”注入正能量。然而，个性差异，理念不一，也不容易形成心灵的同频共振，更何况，我与徐老师的交往就会由此泄密了。

回到家中，忽然觉得，所谓“单独飞翔”也是无奈哦。于是给徐老师拟短信：“比翼双飞更好，总之想飞就好。有人唱过：

想飞的人离天堂近。”可当我举起手来正欲揿键发出的一刹那，又犹豫了。可说可不说的，不说为好吧。

要注意分寸。木头烧十分，变成灰，烧到六七分，成炭，炭的用场大多了。火候多重要。

秋末冬初，公园的园中园好看极了。常绿的依然绿，有的变苍绿，墨绿，凝重了。枫叶正红。海棠果子快红了。菊花黄得耀眼睛，它毕竟长在地上，枝叶纷披，俯仰生姿。想起古人给菊花的雅号：女节、阴成、更生……我喜欢“更生”，还轻声念了念：更——生。石榴叶子几乎落光，枝头残留的一只石榴破壳了，它里头的石榴籽籽，不知如何一粒一粒迸入水池的，那“笃笃”的落水声该叫天籁吧。池里的鱼肯定听见了，也许尝到呢。

池边的那棵藤，叫不出名字，尽管天天坐在它对面，从不朝它注目的。今朝蓦然发现，不是因为它开了什么花，结了什么果，而是因为它的叶子变脸了。即使同一枝的，有的暗红，有的淡黄，有的仍然碧绿，即使同一片叶子，还有红有绿，或者有青有褐呢。粗看斑驳，其实也是绚烂，它以它的赤诚，感应妖娆的秋光。

桂花树下那块地，日积月累的落叶滋养了它褐色的胴体，雨后更平滑，又细腻，阳光一照，水气氤氲，像刚刚出炉的巧克力蛋糕呢。

我在公园看书，忽听有人喊了一声老师，那声音陌生得很。我转身一望，呵，他是公园专门打捞水面落叶的，几乎天天见，从未说过话。

他站在我身边，弓着身子问，老师，你们写文章是先有题目，还是先写文章？我说，都可以。文章重内容，就像生了孩子，起个名字总归不难吧。他眼睛睁大了，呵呵笑，那笑容里溢出的淳朴与天真，像他这把年纪的少有了，他应该五六十岁吧。

我问他，你写文章么？他摇摇头——至少摇了三个来回。他说他贪看。我问他喜欢什么文章，他说《荷塘月色》，还能说出是朱自清的，接着反复赞赏《荷塘月色》，却找不到合适的语句，竟结巴了。我像填空似的帮他凑出几个词。他不停地点头，微笑，陶醉于那片月色的腔调。

他一直站在我身边。我说，你坐下来吧。他笑笑，不坐。后来我指指我对面的石凳，又说，你坐坐。他还不肯坐，说，我坐下来你就晒不到太阳了。

我心头一热，忽然有个念头，鼓励他看书写作，我乐意帮他。我还想送他一本《忘忧草》。他会欢喜的，那种“雨落在稻田里”的欢喜。稻欢喜，雨也欢喜。

我天天看《养生堂》，不知不觉地成了建平的同学，而且尝到甜头了。治胃的药不吃了，每天在百会、大包、气海、足三里等穴位按摩拍打，也像服药，不得不佩服中医神奇。“物理”

代替“化学”，毫无副作用。

人身上的穴位三百多个，全是经络的节点，脏腑的密码。建平已经弄懂二三十个了，而且一摸一个准。她每弄懂一个，总要告诉我，还示范，成了我的老师了。那些名称有意思，有的关乎人体要津，比如天枢、百会、命门；有的也蛮搞笑，比如可以止痒的就叫百虫窝；也有无法顾名思义的，比如我天天要去摸的那个厉兑。

所有的穴位都像琴键，可以弹奏保健的乐章；也像按钮，能发射武器，跟潜入人体的病魔搏杀与周旋。看来，身躯不仅是骨架、血肉和脏器，它还有它蕴藏的灵性与神秘。

我家的医生走了，倒逼得我们学点医道，少找医生。

徐老师的短篇小说发表了，短信报喜，感谢我指点。其实，所谓指点，毛毛雨哦。我只是提醒她多修改。说果戈理写出初稿之后要改 8 次呢，你不能只改 0.8 次吧。

她爱文学，跟高考有关。那年高考，作文写偏题，至少丢十分，否则该进“985”了。不过，从此反而热衷写作。俗话说，从哪儿跌倒就从哪儿爬起来。她不仅爬起来，还跳起来，舞起来呢。倒也难得。

小说发表，在她的数学教研组成了新闻。惊艳的话灌满耳朵，但令她得意的倒是语文老师一句调侃的话：往后，你到我们语文组来吧。她却笑道，数学的本质也是诗嘛。

叶子落尽的树枝

她在短信中称我为贵人。我算贵人么？我只不过说说文学方面的老话，交流一点人生感悟而已。而她走出困境，迈向新生活的那种坚韧和达观，正是我缺乏的。她倒是我的贵人。

所谓人无自知之明，不仅指人不大明白自己的缺点与不足，会不会还包含不大明白自己的优长与可爱呢？也有可能吧。所以，有位文豪给他钟爱的人写信说："你还看不出自己的好，只有进入我心里，你才知道你有多好……"

我们走在大街上，滚滚人流擦肩而过，都是陌生人。然而，其中有的跟你命运相似，遭遇相同，并且还可能彼此相知和相助呢。这苍凉的尘世，终究还有光热。

我们的偶遇，多像一个故事。而作为写写小说的，也算编故事的，可我往往编不出好故事。上帝给我补课了。更有意思的是，在我意识深处，她成了一个人物原型，还不断生发情节，无论精彩抑或荒唐，则又成了新故事，升级了，像小说了。而且，她不晓得，无人晓得，绝对秘"蜜"。

文剑常约我聚聚，有时在城区，有时到乡下，还邀徐松、文梅和海燕陪同。假如请到黄靖，我总归坐他旁边。我不会喝酒，喜欢看他喝。每当酒斟满，他会拿起我的一根筷子，放在他的酒杯里蘸蘸，送到我嘴边，让我尝尝。尽管白酒到了我嘴里全是一种滋味——辣，可我总要装模作样地咂咂，朝他点点头。他笑了。

大家不在乎吃什么。文剑不宜多吃，他也许扎了一针胰岛素才出门，才能率领我们吃出气氛呢。

为了打消我的顾虑，让我爽快地接受邀请，他告诉我，他打三份工哩。说罢似乎觉得还不足以表明他奔了小康，又神秘地说，他还炒股呢。大概意识到股市已经太“熊”了，同时也看出我们对炒股有疑惑，于是咧嘴一笑，说，我总归赚的。说罢，也许觉得此话太笼统，且有虚假广告之嫌，而一时却想不出更好的说辞，只好笑笑，笑成弥勒佛似的。我心里暗忖，他炒股会不会有神仙指路？果真如此，倒是不该明说的。没想到他最终作为定心丸抛给我们的却是：我凭……凭什么？我们眼睛睁大了，等他吐真经，可他说得含糊，那意思似乎是凭感觉吧。大家一愣，凭感觉炒股岂不玄了？他却赚了，岂不神了？这个文剑哇。

我常常回顾对他的帮助，几乎没有。气味相投恐怕是我们交情的根源，包括文风相近。他跟底层苦人交往多，有的成了哥们，写他们特别出色。烧窑的、擦鞋的、抱着医治无望的病孩一屁股坐在火车过道上的……他无论作文还是为人所洋溢的善良与慈悲，尤为难得。他在圈内的雅号就叫和尚。佛家有“善友”一说的，我做你的“善友”吧，文剑。

人之善，也许分两种：一是人心向善，思行以善为律令；另一种呢，固然同样以善为律令，但更多源自心灵之泉的自然流淌，近乎天性。我们往往二者兼而有之，只不过各有偏重。

二者皆可贵，后者更可爱了。

公园捞树叶的人姓于。为什么偏爱《荷塘月色》？原来他临摹的硬笔书法帖是《荷塘月色》。

他有时划船，有时站河边，捞树叶。虽然落叶缤纷，水面清清爽爽。夜里的月色该是满满的了。

他经过园中园，坐下来歇歇，把我送他的《忘忧草》掏出来看看。我见他把书卷成一团，在脏兮兮的口袋里塞来塞去，有点心疼，又不好意思说什么，可转念一想，他不是把《忘忧草》当成口袋书么？能作口袋书，该是《忘忧草》的福气呵。

他推着绿桶在公园走，桶底有轮子，滚得隆隆响。我发现他的嘴唇难得紧闭，欲张不张的样子，不是随时开口说，就是露出笑。我们把听到看到的保健信息告诉他，他转告别人。今朝他问我，可有糖尿病？我说没有。又问，家里人呢？我说也没有。他接着又问，亲眷朋友呢？我说，那肯定有。他似乎松了口气，说，糖尿病人要先吃菜，后吃饭。这有什么难呢？他嘿嘿一笑。

假如我们几天没见面，他看见我会老远伸出手来跟我握手。可我怕握手。我除了夏天，手总是凉的。不过，每当他乐呵呵地伸出手来，我不能不跟他握一握。现在，我一到园中园就四处张望，主动跟他打招呼，别让他看不见我，以至于几天之后，一见我就感到久别重逢，就要握手。

大乌龟被我们放生了。

昨天，建平把乌龟盆端到西阳台，让它们晒太阳呢，没想到一个钟头后，小乌龟不见了，找遍阳台没找到。看来，它是从盆里爬出来跳楼的，肯定是大乌龟顶着它，它才能爬出盆子往外跳的。

它们到我家几个月了，大乌龟为什么不曾协助小乌龟逃生？也许，到了阳台，它们才看到逃生的希望？四层楼，那种“托马斯滚翻”，难度系数有多大？小乌龟却跳下去了，楼下长满草，不会受伤吧？大乌龟一点也不顾及往后的孤独，成全小乌龟。我们居然对大乌龟肃然起敬，决定把它放生吧。

今朝，建平买虾给大乌龟吃，然后把它捧进马甲袋，拎到公园，放进河塘。它入水后转身朝我们游了几下，表示惜别吧，随即潜入水中了。好在公园也像我的家，它还在家里。

又与徐老师在公园见面。

你把右手伸出来，大拇指与食指搭成圆圈。我边说边做给她看。她颇好奇，跟着做。我说，这像一盅酒，我们碰杯吧，庆贺你的小说发表。于是碰杯，一饮而尽，她笑了。

喜欢看她笑。我平时说话少有幽默和俏皮，跟她交谈却会迸出来，也许积压久了，接二连三地迸，逗她笑。她一笑，眉毛眼睛全在笑，就连她拎包上的彩色点点，好像也在笑的。

我称赞她小说中的细节好。比如，那位幽居的女人，只在阳台觅春色，就连路口忽红忽绿的电子显示屏，也成了风景：绿灯——杨柳风；红灯——桃花汛……多妙啊。

她从包里取出两只大橘子，一人一只。她剥橘子时掉下一瓣在石桌上，正要伸手拿，我连忙说，脏啦，别吃，我赔你两瓣。她却把它塞进嘴了，还煞有介事地说，细菌还没爬上去呢。我被她逗笑了。

她告诉我，她日子过得蛮好。讲到一日三餐，她说她常做饺子，跟山东来的老师学会的，除了自己吃，大多送同事，单身女士优先。她还变花头，把饺子的两角捏得夸张点，近乎U型——那种抿嘴欲笑的样子，送同事的时候，学着电视主持人的腔调，说：请看大屏幕，饺子像什么？同事不禁一笑呢。

我们交谈的话题蛮多。她思维敏捷，语速又快，我生怕把想说的忘了——容易忘呢，有时不得不看准她说话的一个间隙——哪怕只是打逗号的那种间隙，赶紧插上去说，不大礼貌了，有什么办法？

她边说边踱，像在教室讲坛上，而我坐在那里倒像学生了。她一不小心，说到私密的，忽然仰首一叹，啊呀，我把你当闺蜜了。

她后来看看手机，提醒自己，再过二十分钟该回校了，可到时又说，再讲五分钟。接着讲宽心的，似乎针对我的什么“穴位”，不是“柳暗花明”，就是“船到港直”。虽属寻常道理，总是举例道来，既有求证数学题似的精准，又像唱歌一样好听。

还有金句：只要想办法，总会有办法。精神面貌装装也就成真的了。也有相当调侃的：爱吃什么，是什么。

她告别了，我送她。以往同行，我特别注意保持距离，大多我在前，她在后。那天她竟然笑道，老师真是领路人呀。我尴尬了。今朝我们并肩而行，不再说什么。走出巷子，她朝我望了一眼，挥挥手，上车了。我还跟在她后头，看她从骧江路向西，看她慢慢汇入车流，直到那车流中的人仿佛都是她，又不是她。

困境唯一的好处，就是逼着我们进步和成长，生活难免困苦艰辛，生命却多了某种丰饶的可能。

我甚至还想，作为区别于万物的人，作为区别于万众的我，最终兜底的就看生命的成色如何了。在通往上帝的“窄门”入口，带不走财物、美色和江山，只凭生命的成色赤身而去吧。

石榴树上还有石榴呢。寒风把它吹成紫铜色了。树叶落光了，树枝丝毫未损，还意气犹豪。

茅草枯了，迎风颤抖，像什么琴弦揉呀揉的，不管你听不听。那些刚从泥缝里钻出来的小草，碧青碧绿，根本不把冬天放眼里。

水杉光秃秃，站得笔直，直得有点不可思议，毕竟它的祖先跟恐龙同一辈的，早炼出仙风道骨。朝它看看，总会心神一振。我有时还数数，好像它们会溜呢。

那池塘清清冽冽，宛如一杯待客的酒，而池边满头白花的芦苇，则如久候的侍女生了华发。荷叶尽管枯了瘪了，倒是一副听雨的神色。

我又去看看倒下的老柳，不晓得它能不能熬过寒冬。所有树木根部一米高的树干上都涂了石灰水，像穿上越冬的白袜子。它穿不到了。

鸽子在空中飞翔，二三十只，淡灰色，胸脯雪白，无论翻飞还是盘旋，那白色像衣兜里的银子乍然一抖，令人心目一亮。它们每隔十来秒从我窗外掠过，天天早晚如此，仿佛士兵出操，又像为未来的远行演练。它们引领我仰望天空，否则，几乎把天空忘了。

比起大地，天空虽然高远，却可以感受它对我们的俯视，那种每时每刻、亘古不变、一视同仁的俯视。朝它仰望，还会感应某种莫名的魔力，促使我们调整目光的焦距，重新丈量人生的进退与得失，甚至还能让它透视心灵的尘埃，让灵魂焕发亮色，为神圣感光。

我盼望夜夜有梦，噩梦最好，醒来会有庆幸感。可惜人老了，梦的成色也差了。小时候的梦多精彩啊！梦中桥上走，突然往下跌，妙就妙在坠河的动作悠悠的，慢镜头。我与河的距离还不断拉长，掉不到河里。现在做不出这些梦了。

昨夜梦见米米，难得，更难得的是梦中她说了一句：噢唛嘎得。仿佛外语，赶紧用笔记下来。今朝我问她，可像什么外语？她说：是呀，天哪，是英语。这就奇了，天哪——它分明是一声叹息、祈祷和呐喊，心声也。

梦可以开发。美国刚刚公布了开发大脑的“脑计划”。如果让我们夜夜有梦，岂不扩大了生命空间？白天是现实的，梦境是虚幻的，虚实互补。岂不多活了？甚至，还能选择梦的内容和类型，像点歌一样，点梦。忧伤的点欢快的，失败的点成功的，可有可能？可能的。诗人说：

梦会开花的，
梦会开出娇艳的花来的。

公园里的花，数以百计，冬至之后开花的只剩四五种了。

有趣的是结香，三棵，花色乳白，纽扣大。光溜溜的枝条一边长一边会打出一个结来，倒是一绝。不过开花被耽误了吧。那花只像个花苞，开不足，让人着急。

最神的是蜡梅，一共九棵。记得冬月初七，高埂上的那棵有朵花苞完全绽放，年年它领先，而且总是最长枝头顶上的那一朵。今朝树树金黄了。它们是横下心来攒足力气开花的，宁可让枝丫瘦了，叶子萎了，掉了。

今年入冬雨水少，蜡梅清气横溢。我在荷花厅的围廊上盘膝而坐，面对蜡梅，端杯热水当酒喝，也与梅花醉一场。

从小寒到次年的谷雨，共有“二十四番花信风”，领头的便是蜡梅。即使花谢，也能熬到满枝冒出新叶来，然后整朵整朵地掉，保持盛开的姿势，坠地不零落，树下一地金。

前天徐老师在短信里说：“我们校园里也有好多树。我发现树受伤之后会分泌一种油脂——那是它的倾诉；后来慢慢结成树瘤——那是自愈；树瘤的材质特珍贵——那该是它的升华了。”

今朝徐老师又来短信:“我发现车前草的叶片之间有个夹角，137.5 度。看来，叶片生长经过精密计算的，否则，跟它的左右不能构成一个黄金分割角……”呵，她毕竟是教数学的。

我喜欢建平写日记的景致。

没想到她记日记，好多年了。她不像我，我断断续续写手记，她天天记。我用精美的笔记本，她用我过去在会上发的练习簿。她养成一个雅致的习惯，透出对生活的热爱，对文字的崇尚。

甚至，我还依稀感受到她跟我相恋的初心。那时候，无论是我写的诗文、文艺节目，还是在墙壁上写的美术字，都是她喜欢的。她是把我当老师的。她父母反对她与我恋爱，她没动摇。后来，我们私奔了……

有人说，作家的妻子不好当。是的。何况，我这个作家就不好当呢。

我不翻她的日记，即使有埋怨我的内容，我也理解。老托尔斯泰夫人还在日记中抱怨丈夫呢。不过，即使建平对我有什么牢骚，大概不会有老托尔斯泰夫人的牢骚："唉，我没有自己的生活……"

偶尔，有个什么字不会写，不认识，她一手握笔，一手拿纸，依偎我身边悄声请教。有的冷僻的我也不会，她便哂笑了。我说，你别笑，妈妈说过一句话："字如牛毛，圣人只识一只脚。"

私奔难忘，也不该忘了。

现在想来，当年建平父母反对我们恋爱，也是可以理解的。我们两家结过怨的。

为了阻止建平与我来往，她父母打算剪掉她的头发，让她出不了家门。这就狠了。文艺宣传队的闺蜜们比她还急，纷纷支招，最终敲定：私奔。我们像服从组织决定似的，那就私奔吧。其实，只是演一幕私奔的戏而已。我毫无结婚的思想准备。我们还年轻，她刚 19 岁。我为婚姻才储蓄了五块钱。我们只想以"旅行结婚"为名，造成木已成舟的假象，迫使她父母终止对她的威胁，接受事实。

戏竟然演了。闺蜜们有的出钱，有的献计，有的通风报信。其中一幕，真的有戏。

那一天，建平父母得知我们私奔的信息很快，以为奔上海，我们两家都有亲人在上海，于是去八圩渡口拦截。可我们奔的却是扬州，我二姐在扬州。然而，那时去扬州的汽车由靖城始发，必经生祠，且会停靠上客的。所以，当我们从靖城上车，车快到生祠，紧张了。但愿生祠无客去扬州，汽车疾驰而去。可偏偏车到生祠慢了，停了。有客上车。那乘客挑了一担东西，担绳缠住了车门，折腾蛮长时间。我毕竟胆小，心快跳出来了。幸亏她父母不曾在车站布防。

万万没想到，“旅行结婚”回家后，她父母反弹强烈。建平的处境更糟，我们不得不真正结婚。

一天过去了。过一天就少一天。其实，每个人无不如此，包括婴孩，只是到了暮年，“少一天”才有感觉。

我家用日历，一本日历如同一年的日子，一页像一天。我每天的头件大事就是撕日历。那动作像降旗又像升旗。过去撕得快，如今不知不觉地慢下来了，还常常捻住一页望望才撕。

朋友常说，过好每一天。光阴以天来计算，总归有倒计时的味道。然而，过了一天，又何尝不是多活了一天？因为活着都是幸存，尤其是老人，应该感到庆幸呀。《徒然草》说得好：“存命之喜，焉能不日日况味之？”

母亲年过八十，常说：过一天，等于拾到两个半天。说得也好。

又冷战了。

建平做米酒有本事，用剩饭拌点酒药，焐几天，摇身一变便成酒了。我总要把米酒煮一煮，先放点水，以往用熟水，今朝我倒了生水，先煮沸，再把米酒放进去，这本无不可，建平却咕哝：应该倒点冷开水的。假如不作声，也就作罢，我却回了一句：我已经倒了生水了。语气里有反感吧。她听出来了。我又问一句：你可吃，可要多弄点？我想缓和气氛，晓得不妙。可她不吱声，生气了。不过我也没什么做错说错。你生气，我也生气。看来，她洗衣服忙午饭，吃力，而我昨晚睡了不足六小时，萎靡。我睡六小时是“阴天”，六个半是“晴天”，七小时就是“艳阳天”了。今朝简直像“雾霾天”，容易生气。

平常吃饭，有讲有说，冷战只好免了。各吃各的，吃的声音蛮难听。以往边吃边说，吃的声音是伴奏，此刻成了主奏。她吃得快，快也能显示生气吧。可馄饨太烫了。倘在平时，我会提醒她：不能吃烫的。今朝冷战，不说。也许她故意如此，让我把想说的硬憋住而难受吧。

《养生堂》的何教授教导我们：“从容、宽容、包容。”这三个“容”建平还抄在笔记本上，可是我们“容”了吗？其实，宽容最要紧。它不是品德，也非策略，它是对人事万物存在差异的认知。不过，即便我认同这个道理，真正做到，谈何容易？难怪那个叫房龙的人，为宽容写了一本书。看来，《养生堂》早该打造升级版了，不能光说病，养生先养心，多说养心的诀窍，比如，如何才能做到三“容”呢？

我写到这里，议论一下《养生堂》，气也就消了。记手记真好。

前天在公园，看见两位老人一同漫步，其中一位对身边的感叹，老两口有气生，还好哩，没气就拉倒了。说罢呵呵一笑。想到这里，我叹了口气。

午休之后吃水果，一个苹果，一个梨子，我各吃一半，留半个给她，规格还是以往的，留下的半个不削皮，反扣在茶杯口上，保洁又保鲜，而且还多留了一点给她呢。这是冷战休战的信号，差不多也像升白旗了。

明朝路路从“前线”回来，我们必须休战哦。

树木又让我惊艳了。

那棵海棠修了枝，剪断的截面橙红色，还鲜艳欲滴，像一张张小嘴抹了口红。我伸手摸摸，并无潮润的感觉，却看出每个截面都有几道圆形的纹路，也算年轮吧？可形状各不相同，像人的指纹，当我走远，转身再望它，倒像八九十枝花。

那棵树桩，不足十厘米，像块土疙瘩。没想到它的断面上长出一颗菇，起初灰溜溜，渐渐泛白，像块抹了奶油的点心。据说，阿尔卑斯山上有棵山榉树树桩，五百年了，还是活的。它四周的树是它儿孙，通过根脉输送养料赡养它，死不了。莫非那棵树桩同样如此，也是活的？要不，它怎能滋养那颗菇呢？

自从得知徐老师在攻哲学，颇有触动。大的哲学著作我啃不动了，挑点对胃口的咂咂味道吧。往后跟徐老师也能攀谈几句。

皮埃尔·阿多，法国哲学家，我欣赏他的“作为生活方式的哲学”。他的“精神修炼”偏向生活的选择、感受或改进，“确立灵魂的安宁”。他还认为，精神修炼的重要一环是“思索死亡”——这也正是我在思索的。死亡来临前，我们如何生活？他主张，将每天当作最后一天来过。珍惜生命的每个瞬间，即使平庸、谦卑，也自有其与众不同的意义。尊重并且完成此刻的事，享受此刻有限而无穷的美好。他说，“幸福就在当下”，因为“我们仅仅活在当下”。

这回去南京，下了狠心的。我多年未去了，而参加会议也难得了。

南京是我人生地理的重要城市。我最想看望的是忆明珠和黄毓璜，他俩是我的老师，又是朋友。黄毓璜为我的三本书作序，知音也。序中的论述与引领，我常读常新。去年得知我的遭遇，他来电话，说了一句便哽咽了。后来，忆明珠也晓得我的不幸，托新宇送我两幅字，一幅是杜审言的诗，现成的；一幅是特地为我写的：“行至水穷处，坐看云起时。”我捧在手里，久久放不下来。我们相识于二十世纪的七十年代。我曾跟他学写诗，学不好，也没写下去。他的一句话令人难忘：“诗人其实就是骨头。”（如今想来，人其实就是骨头了。）1984 年，他儿子来靖江读中学。他给我写了二十九封信，我至今珍藏。多年未见了，他差不多快修炼成仙。我想去他家，就图沾他一点仙气吧，可终究未去。我一家也不去了。宾馆位于新街口，新街口像南京的客厅，也就当作他们的客厅吧，我在“客厅”慢慢走，专走盲人道，它的凹凹凸凸把脚底按摩得蛮暖和。

空中飘着雨，城市湿透。墙体广告一排连一排，放射灯把法桐的黄叶照得宛如帝王蝶，不时悠悠地飘，没有一片没姿势，没有一片的姿势跟别的雷同，落在湿地上，像摁下一颗印。

公交车川流不息。想起 1978 年，创作《光明行》，在南京有过漫长的采访，天天挤公交。由于文史知识浅薄，面对当年的国民党警备师师长，我不能不一边恶补民国史，一边采访。《光明行》是“文革”结束后，我回归文学的第一篇中篇小说。我要塑造一个新的起义者形象，感应思想解放的曙光，采访不能不漫长……一辆公交驶来了，竟是空车，虚席以待的样子。我目送它渐渐远去。

经过一商店，我朝橱窗里的时装扫了一眼，想起 1985 年，也是冬天，我拿到《御林军枪声》的编剧酬金，兴冲冲地从夫子庙赶到新街口，买了一件呢大衣，青葱一样的绿，送给青葱一样的路路。我东张西望，那商场寻不到了。

路路回来，我们多了个节目：说说各自做过的梦吧，特别是有关他的梦。

我和建平先说，无论长短，也不管荒诞离奇还是惊心动魄，尽量说详细，像讲故事，又比讲故事郑重甚至神秘。路路侧耳听，神情还有些虔诚。

我做的梦大多薄薄的，易碎的，所以每次梦见他，总要开灯写下来。今朝我说的是三天前的梦。那天四点就醒，再睡，居然睡着了，梦见他在整理行装，又要去上海进修的样子。我拿了一只烧饼塞给他，他没反应。随即我醒了，忽然觉得饿。

我说完了，朝路路看看。她难得梦见他，心里也许期待的，还有什么比入梦更好的相会呢？她很少讲，讲也讲得简淡，而且总归渗出酸楚的。我们盯着她的脸，不敢细问。

王老又讲泥团团。

在拆迁工地上，泥团团去拾钢筋，捞外快。那掘土机的大嘴巴在地上一口一口地啃泥，常会啃出钢筋来。掘土机运作快，拾的人非快不可，否则拾不到，也危险，真像虎口觅食了。

没想到冒出个女人。她年纪轻，哪怕比钉子长一点的，眼睛一眈，也不肯放过。

天撒暗光了，掘土机最后一口啃下去，泥里露出的钢筋两米多长，个个眼睛发亮。钢筋的方位偏向泥团团，可那女人顾不得掘土机的大嘴巴还悬在头上，三步大跨，把它抢到手了。泥团团有点失落，抬头朝她望了一眼，竟望呆了。

那女人像他女儿，无论脸盘子还是身材，越看越像。泥团团看她把拾到的钢筋拖走，由于那钢筋的当中黏了块混凝土，蛮重，她是仄着身子拖到路边的。她想把那块混凝土弄掉，可是没工具，只好弯腰把它捧起来朝地上摔，连摔三次，摔不掉，也摔不动了。这时候泥团团走过去。女人以为他眼红那根钢筋，眼睛瞪得滚圆。没料到泥团团举起他的榔头，轻轻一敲，帮她把那块混凝土敲碎了。那女人赶忙从她脚下抽出一根筷子长的钢筋，塞给泥团团，表示酬谢吧。泥团团哪要钢筋？只想凑近看看她。可她忽觉泥团团的目光怪异，转过身子来就走，越走越快了。

后来，泥团团又到工地去了几趟，无心拾钢筋，只想见见那女人。那女人再也不去了。

我九点半去公园，晨练的回家了。我晒太阳，看报纸杂志，离开的时候，把报纸杂志塞在树丫里，不放垃圾箱，免得保洁员从垃圾箱里往外拿，积聚起来能卖钱的。

保洁员看到我总是笑眯眯。偶尔说句话：师傅，该回去吃饭了。今朝我正在看书，她说：师傅，向阳超市的食盐只卖一块钱一袋……我哭笑不得，书也看不下去了。

常常有个念头，准备对他的生平作些记述。不仅因为他是我早逝的亲人，还因为他是普通人。英雄模范有人颂扬，普通人往往被忽略。但普通人的人生，更是社会进步的成本——软成本。现代史观重视凡人的命运了。美国就有此类书写，日本的色川大吉早就尝试了。

何况，科学家说，一个人生命的形成，是70万亿可能性中出现的唯一的一个。即使从它的独特与偶然，也不难感悟生命特有的神性啊。

多少年来，每当亲友亡故，总会念及亡灵的归宿。他们究竟哪里去了？他们能否以另一种形态存在？所谓好人去天堂，天堂何在呀？看来，他们只能活在我们的记忆里，我们的记忆才是他们的天堂。

愿死亡不是白白的，哪怕它像滴在河里的雨，无声无息；哪怕它比杨花柳絮还轻，但都会像种子的落地而生根发芽。

“莫忘死亡”，曾是欧洲文艺复兴的一个主题。它能不能成为永恒的主题？

我在十字路口徘徊。放弃对文学的追求吧，学会恬淡，争取长寿；另一条路是继续写作，特别是那种来源于心灵召唤的喷薄，让精神有个寄托，但身体肯定会受伤的。

几年前，在我的作品座谈会上，陈社、徐一清和沙黑表示，期待我的“悲怆三部曲”的第三部长篇小说问世。他们的意思是，《世纪黄昏》和《幸福花决心要在尘土里开》，已有两部了，一部写作家的，一部写音乐人的。后来，他们的勉励倒让我心里一动，不妨写写小城画家？我熟悉他们，尤其是那年从南京艺术学院分配到靖江的“三剑客”，二男一女，不仅他们有故事，我与他们也有故事（前天遇陈绕天，我们谈起头号“剑客”严葆禄，还感叹不已）。倘若写成小说，倒是第三部了，且也悲怆啊。然而，我还能写么？

每次在图书馆看到《清明》，总会多看一眼。人与人有缘，作家与刊物也会有缘的。我稍有分量的中篇、长篇，都是在《清明》亮相的。

难忘1997年，《世纪黄昏》被《清明》连载。此后设专栏笔谈。编者按称它“在读者中引起强烈反响”。那时，安徽大学杨忻葆尽管病了，还让夫人坐在床头把《世纪黄昏》读给他听，病情稍愈，写出评论《灵魂失重之后——读〈世纪黄昏〉的启发》。当我在1998年第5期《清明》上读到这篇评论，他姓名四周加了黑框，顿时一惊，把《清明》贴在胸口，向这位陌生的知音致哀，致敬。

我还能写部像样的作品么？发给《清明》？

路路左脚扭伤了。14号就伤了，却瞒着我们。

直到前天她才向我们透露，幸亏骨头未断，伤了筋。不能骑车接送米米了，倒逼得米米学会骑自行车，还有男同学护送。米米的奶奶、姑姑已去救急，我们明朝去。

过年了，给朱根勋送点礼。忘不了他的知遇之恩。

他问及我的境况，不禁想起他小女儿的夭亡，四十年过去，痛还在心底。

他仍热衷写诗词，年过八旬了。平时，我写作写到得意处，常念他的一句诗：放出心花十丈莲。

除夕夜，鞭炮声声，一阵轻，一阵重，像擂鼓。天像一面鼓。“咚咚——乓乓——嘭嘭——”

新桃总归换旧符。古人有句诗，就当春联，贴在我心扉：

春风来不远
只在屋东头

正月初一，孙鸿拜年，年年如此。有点“华山论剑”的味道，好像各自在山头修炼一年，又有了一些道行，说说得道心得。

去年拜年时，她一点也不晓得我的遭遇。我亦未露声色。今年，她晓得了。她说她当年遭受的劫难几乎忘了，这可能有些夸张，而夸张也是为了宽慰我吧。谈到她自己的生活，尽管优渥，也有烦恼。偶尔还写写小品，去年在浙江与人合作一个“大品”——电影《温暖》。再三感慨，创造的欢乐是最大的欢乐。接着送我一本高一的语文课本，她获得“曹禺小戏小品”一等奖的《枣儿》入选其中。

建平给她沏了茶，她临别前才吮了一口，发现茶里有颗大红枣，粲然一笑，告辞了。

去年，五个陌生的拜年短信号码，今年又发来拜年短信。还剩一个依然是谜。虽然，我打个电话就能探明对方是谁，又觉得有点唐突，也少了对方看重的某种意味。那就继续猜，把它当作温暖的谜吧。

米米远征北京了。

路路脚伤未愈，不能不随行，别人替代不了，替代她也不放心。那是必胜的一搏。多亏米米的姑姑陪同。

石榴叶子掉光了，一颗石榴果子还在树上，也许，熬到来年春归，开新花，结新果，它才肯掉下来?

细看那石榴果子，嘴张大了，像有满腹心事要说的样子。

米米先到上海接受培训。

中午路路来电，说到拜访王老师之艰辛，哭了。原来她俩冒雨前往，雨伞遮行李，顾不得身上淋湿。行李车太重，那可以滚动攀登的功能又出故障，更没想到，王老师的工作室在六楼，没电梯。她抬头叹了口气。米米劝她别上楼，然而，她要拜访王老师。

脚伤后，她登楼难了。我见过两次。由于登楼时，楼梯扶手位于左侧，她只好手扶右侧墙壁，右腿先跨一级，身子同时大幅右倾，让受伤的左脚以一个弧度顺势朝上一跷，以免垂直登踏而生疼。站稳身子后，缓提右腿，不能不咬紧牙关，让身子重心向受伤的左脚转移，右腿朝上跨一级。

她一定是忍着疼痛，以近乎攀登的姿势登上六楼的。楼梯起码八九十级吧。

进了工作室，她专心听王老师评点，直到打了个寒颤，才觉察头发和脚湿透。

过好每一天。此话蛮流行，特别在我们老人中间。今日报载，全国六十岁以上的老人超过两亿了。

钟南山说，八十六岁以上才算老人呢。也许有什么科学依据，也许只是说说而已，逗老人一乐，乐才是神药，给天下老人送神药罢了。

我望着“老”字发了一阵呆。汉字有隐喻。“老”字头上是个“土”，等于一篇文章的倒叙，先把结局亮出来。老的结局就是死，死就得入土。而左侧那一撇，斜斜的，暗示有过程，当然呈下坠的趋向。一撇底下藏着“匕”——那不是刀么？人老不像被钝刀慢慢割么？民间说某人死了，就说“老”了。

假如以年预测，我还有几年？个位数吧。以天算算，似乎一大把了。然而，“人们一思索，上帝便发笑”，人们一旦自己

岁月忽已晚

算自己的命，上帝岂不笑倒？

英国哲学家柏林认为，人要过好每一刻（不是每一天）。其实，意思跟“过好每一天”相通的，只是有点苛求了。不过，要害还是一个“好”。何为好呢？过得充实为好，还是散淡为好？是力求过出意义还是意趣？显然各有所好，各不相同吧。

无论如何要把心情调整好。早晨一醒，就该欣欣然——昨晚是个平安夜，新的一天又来了。“存命之喜，焉能不日日况味之？”

这两天九点去公园，那片草上的露珠，不是每个季节都有的。今朝迟了点，总算还看到三颗，它们好像硬撑着与我不见不散似的。露珠是水，又不是水，是苍穹与大地酿造的珍珠，被草偷偷地抱在怀里。

我望望地锦、紫露、琉璃草……念念它们的芳名，像读词牌一样意味隽永，口齿生香。

我晒晒太阳。今朝太阳旺，又没风，感觉阳光稠稠的，给我贴面膜似的。

又去看喜树。它为何称喜树呢？它除了结出来的果子像长长的黑筷子，没什么特别之处，更无可喜之处。也许，给它命名的先人遇上喜事，心里正欢喜，就叫它喜树？或许心里正忧伤，种下一棵树，愿自己也像树，不管风吹雨打，欢欢喜喜过日子？

实在想米米，建平就捧出日记，专挑她的“童话”说说。今朝又说一则。

那年冬天，她陪建平去裁缝店取新衣。建平先试穿，问她，可好看啊？她说，蛮好看。可出了裁缝店，建平问，我那新衣究竟可好看？她却说，不大好看。建平问，你在店里为什么说好看呢？她说，店里人多哩。建平又问，我身上穿的是你妈妈的旧衣裳，可好看呀？她说好看，还说，妈妈穿女儿的总归好看的……那年，她才五岁半。

那棵老柳倾入水了。没料到它枝条发芽比别的柳树还早。毕竟半个身子泡水里，根还扎河坎，而且，由于倒向河面，摆脱了原本树木之间的拥挤，倒是独享天光呢。

今朝发现它叶蕾张开，叶蕾被古人称为青眼的，它青眼忽然睁大，看看可有别的柳树绿在它前头。它是柳中老大，尽管倒下来，还想领头吧？

它会不会痴了？长在岸边的柳树不稀奇了，它就扑向水里，做棵“水柳”试试，让公园添个景致？不是经常有人给它照相么？还有个孩子，摘片柳叶，拦腰一折，含在嘴边吹柳哨，为它喝彩呢。

路过拆迁工地，想起王老曾经说，泥团团在拆迁工地上拾过钢筋，不由得多溜几眼。那里原来是民居，拆成废墟了。露出一片空旷，倒让拥挤的城区透了口气似的。太阳赶紧探过来，亲亲这块赤裸的土地。

市民来淘宝，像逛超市，又比逛超市多了点狂欢的意味。几乎没有空手而归的。不看不知道，废物太多了，不看不知道，废物其实并不废。一个老老头，在拆“席梦思”床垫，大概看中里头的弹簧，可没合适的工具，像啃一块难啃的骨头。有位小伙穿着时尚，看似漫不经心地路过，走到一只水池旁，站住了，忽见手里的钢皮卷尺像蛇信似的一闪，量量水池的尺寸，摇摇头走了。

工人在清理废砖。女人们用铲子把整砖上的泥块铲掉，叽叽喳喳地说话，外地话，像麻雀开会。男人们把整齐的砖头往卡车上运。四人一字排开，每人捧八块，朝车上扔，扔出一道弧，砖头像被黏住了，一块也不掉。那站在车上的，摊开双手接，一接一个准，像按手风琴。

没有看见泥团团。

遇见月月的女儿——陈小菊，做梦也不会想到。

我坐公交车，手捧作协寄赠的杂志，信封有我的姓名。小菊正巧坐在我后排，无意间看见了，欣然喊我潘老师，接着自我介绍，她是月月的女儿。我又惊又喜，朝她打量，她像煞月月。她说，妈妈过去在电视上看到你，总会伸手一指，说，我们生祠的潘老师……可惜，谈了三四分钟，我到站了，又有急事，只好约定再联系。

蓦然，心头飘出一首歌——《那些花儿》：

她们都老了吧，
她们在哪里呀？
我们就这样，
各自奔天涯。

二十世纪六十年代，生祠组织业余剧团，排演锡剧《杨立贝》。当时我在文化站，协助李冬昀站长做点事情。

最先报到的是月月。她暂时住在我家空关的房子里。

月月大眼睛，瓜子脸。排戏的说她台容顶好看。可她不大会说无锡话。而我由于父亲和哥哥曾在上海生活，上海话熟稔的，又以为上海无锡靠得近，话也差不多的，于是教她念过几句台词，真应了句俗话：斑鸠教鹁鸪。

她在我家住了两三天，就搬到大会堂去了。搬走后我进屋一看，房间收拾得清清爽爽。特别是我书桌上的几本书，原来乱放的，叠得整整齐齐，像厚厚的一本，那位置正是我坐下来就能看的。尤其令我好奇的是，房间西北角的地板不响了，以往走到那里就响，响了好多年。

戏排了几天，月月离开业余剧团了。我以为是无锡话说得不入调吧。

就在她离开前夕，她给我塞了张纸条，那种急切和紧张，像击鼓传花，转眼就走，越走越快，辫梢晃得像蝴蝶飞呀飞。我那时二十岁了，预感她塞给我的也许是情书吧，赶紧回家，可快到家了，忽听家里人声嘈杂，于是钻进弄子，把它打开来。如今，具体的语句记不得了，几十个字，表达她对我的好感吧。印象最深的是，字歪歪扭扭，倒有两个错的。最后没署名，只画了个弯弯的月亮。我想，她顶多小学毕业吧，又是农民。如果我娶她(那年头，谈恋爱直奔主题——婚姻，不懂享受什么过程的)，那她婚后只好到我们镇上种田了。种田的属农村户口，农村户口的找不到正儿八经的工作，而且，婚后的孩子也是农村户口，尽管我是城镇户口。我的心忽冷忽热，最终还是冷下来了，慢慢冷下来的。当然，谈恋爱要双方自愿，不谈不为过。我的欠缺是，毫无回应，也没找个借口婉拒，伤了她的体面。

大约两个月后，我和李站长去月月的村里办事。陪同的村干部伸手朝田里一指说，月月在前头理墒哩。

我转身一望，果真有人身穿红上衣，手握锄头，站在村前麦田里。已是初春了，田野上该绿的大多绿了，该红的还没来得及红。那红衣裳被绿油油的麦苗映衬得像一蓬花。她用锄头把墒沟的泥搭到麦棵里，再用锄头把泥拉拉匀，敲敲细。那身子的扭动，锄头的挥动，连同辫子的晃动，像舞蹈一样好看。

李站长喊了一声，她蓦然转过身来，一看见我，脸红得跟她的衣裳一样了。她再三邀请我们到她家坐坐。我们不肯。李站长问长问短。我找不到话说。她呢，眼睛只望李站长。直到告别了，她才朝我乜了一眼，闪电似的，然后目送我们。

我走了老远，又回头朝她张望，正好她也望着我，她随即低下头来理墒了，节奏慢下来了。只见那锄头的齿雪亮，倒像她手握一支笔，蘸着阳光，在地上书写，写她的心里话吧。当时，她心里不会没话的。她只能写在地上了。我希望那些话与我有关，又不希望与我有关。

李站长边走边告诉我，月月离开业余剧团的真正原因是家庭出身不好，而排演的《杨立贝》，又是个阶级斗争的戏。

李站长叹了口气，说，三年前，我在月月村里蹲点，发现她是个文艺好苗子，教她唱歌跳舞，一教就会。她唱《小鸟飞》，边唱边做的动作不必教，全是即兴的，每次不同，次次都像飞。不过，她也有先天不足，腿有点“内八”。我居然帮她捋腿子呢。我在海政文工团的时候，帮人捋过。那非下苦功不可。她呢，毕竟还是小丫头，忽冷忽热的。有一回，我对她说，你把腿捋直，那就更漂亮了，一旦有机会，还能进剧团呢。我心里还有句话，不好说：孩子，你跟我一样啊，家庭出身不好，也是个打入另册的人，假如练出点本事，往后不是多条路么？

我们在休工回去的路上训练。她按照我的要求朝前走，我在后头看。有时她肚子饿了，回家心切，走走步子变形了。我喊住她纠正。她毕竟是孩子，有时厌烦我接二连三地纠正，竟越走越快，想摆脱我，以为离我远了，看不清她了，可扭头一望，我还是不远不近地盯着她。她不好意思啦，后来练得蛮认真，那腿子居然拐直了呢。

我原以为，她参加排演《杨立贝》，一定会出俏。让她演杨立贝的女儿，顶呱呱的。她呢，也想演。每天去我家，先帮我家扫地，拎水，然后走台步给我看，再三问，腿可直呀？我说，直了，你能演杨立贝的女儿。不过，有人也想演哩，争呢，还说地主的女儿怎能演穷人的女儿（这话在当年像颗炸弹，至少像烟幕弹）？后来竟不敢让她演杨立贝女儿，只让她演个群众角色。她一气之下，什么也不演，回家了。回去的路上一直唱，唱到杨立贝女儿丧父，边哭边唱，越走越快。回家后，她在田里做活计，常唱《杨立贝》。每逢锄草、拾棉花，乡亲们不让她做，代她做，要她唱。她能从头唱到尾，一人唱出一台戏。

我忽然转过身来，再看麦田里的月月，看不见了。

后来，我到工厂任教师。一年还是两年之后？有一天，一位工人师傅跟我说，我们村里有个女人提到你呢，叫月月，是你们生祠嫁过去的。我心里一动。

没想到，二三十年后，偶尔在电视上看到我，她还指给小菊看。

我和小菊在公园会面。当小菊说到她是医院的护士，我心头一紧，预感她晓得我的不幸。果然晓得。小菊告诉她妈了。当时她妈叹了口气，说，潘老师要受罪了，也算老来失子，他本来就瘦弱。过年的时候，她妈关照她，打听潘老师的手机号码，发个短信拜年，别留名字……我听了心里一热，又酸。那没署名的拜年短信，最后一个是月月的……我问，你妈好吗？小菊说，蛮好。她唱歌、跳舞，还玩电脑。小菊再三邀请我到她家去。我说，以后吧……

送别小菊，我又在公园坐了蛮长时间。想起月月对我的厚道，想起那年她在《杨立贝》剧组的委屈，特别是我对她的情书的轻慢，感到愧疚了。古人说，“天下事只论有愧无愧”。愧疚也许是人的自我规约与修复。即使相貌平平的女人，一旦愧疚，其容颜也会露出她前所未有的美呢。由此想来，上帝是勉励人自省自新的。

米米从“前线”回校了。今朝是她的生日。

同学们为她庆生。有件礼物很另类——订书机，正好用来对付越来越多的复习资料。有的太搞笑，一位同学为了她的生日快乐，跟她打赌，他可以在老师板书的时候，朝地上一伏，做俯卧撑，且在老师转身前坐到座位上。米米乐了，又逗他，你做几个呀？他说两个。米米说，起码三个。他只好点头，居然看准机会做成了。全班都乐了。

我回生祠了，去月月娘家的村里看看吧，只能这样了。从汽车站乘公交可以直达，16 站。像赶赴一次遥远而神秘的约会。

乡下的春天才像春天，桃红，柳绿，菜花黄，此行也算旅游吧。一路上听歌，MP4 捧在手里，《故乡的歌谣》，听了一遍又一遍。动人的是“青葱少年，时光催老”，更动人的是结尾的衬词：“啊——哈——嗬……”好像谁在远处的旷野，用肺腑之声为我喊魂。

乡下的房子高了，道路纵横，可田岸却短了，田地小了，心里泛出一个无比亲切的词——田野，飘在空中，填不下去了。

车到村头，我下车一问，那村子正是月月娘家的村子。它前头七八十米的地方，该是当年的麦田了。万万没料到，它还是麦田，就在那个瞬间，我特别感激大地的宽厚和仁慈。它似乎一直期待的，我却来得太迟太迟了。我没看错，麦田西侧一条河，河上有座桥，只是木桥换成水泥桥而已。太阳当然还是当年的太阳。那麦苗呢？可是出自当年麦子的种子？种子的种子的种子……它似乎还是月月种的。风从麦田吹过来，裹着麦苗的体息，往我心里飘。节令到了仲春，比那年晚了，麦苗拔节，田里一片葱茏，已经看不清土——月月当年挥着锄头翻动的土，以锄头当笔书写心事的土，看不清了。月月跟土会不会有过什么约定，故意不让我看见——她那年写出的失落与忧伤？

我坐在田埂上发呆，从田里抓起一块土，握在手里，把它焐热，再慢慢捏，捏得细如粉末，让风一阵一阵地把它往田里吹。接着站起来走走，望望。那麦田恍如舞台，月月当年的舞台，可月月不见了。

“岁月忽已晚”，月月。

当年，我们心中荡漾的还算不上爱情，是春情。春情往往无着落，因此是最美又最令人怜惜的。

墓地的菜花似乎为清明怒放，让我们踏上一片片金色的云，去跪拜父母双亲。

若按风俗，扫墓要把坟帽换新的，可我发现，父母旧坟帽上长了一棵草，绿油油，肥嘟嘟，还开了朵淡淡的黄花，竟舍不得把坟帽换了。头顶一朵花多好！真可谓且自簪花，又与灿烂的菜花有了呼应。

父母坟茔的东侧是徐继和的墓。那年徐继和的父母烧了他的书稿，他愤然离家，后来又从北京回生祠，一边接受劳动改造，一边还在写小说。

有一回，拉货进城，用马车，那马车没马，只有庞大的车架，他就作马了。他格外卖力，也许为了表现好，争取早日把“右派”帽子摘了，也许出于天性的爽直，也许，因为爱马吧。靖江古称马洲，他家门前的港就叫马儿港。从生祠去靖城，18 里，路上经过 11 座桥，桥的坡度大，马车像在一片凝固的波涛上滚动。他边拉车边唱歌，同伴听不懂，是俄语（会不会是那首可怜老马的《三套车》？）。马车上桥，众人帮他推，下桥他要一个人当车。一人当车也可以，那该仄着身子控制车速，慢慢下，省力气。他不肯，独自当车往下奔了，他就图爽一回吧？脚步咚咚响，像敲“急急风”，那神气也有点像马了。然而，他毕竟不是马。他太累了，也饿极了，进城来到一家饭店，拿起馒头来就吞，几口下肚，突然作呕，呕了又呕，竟吐出一根细细的篾丝，蒸笼上的，沾了一缕鲜红的血。从此胃受伤，酿成肿瘤，一年过后去世了。

我朝徐继和的墓凝望。把墓碑上的姓名和生卒年月默读一遍，每年如此，像读一本书的封面。然后在心里把他的生卒年月做个减法，每次都要做一遍，得数总是46。五十年前，他像一本活生生的书，教我在困境中用写作救自己。我写出《幸运》，从此与文学结缘，人生便多了一种支撑，一份慰藉和一点滋味。可惜，我们从未说过话啊。假如他在世时，特别是病重后，我向他表达我的感激，他会欣慰的。他有多少欣慰呢？然而，我没有。我后来离开生祠，再也没有他的信息，也不曾主动探听，想来是愧怍的。什么时候，我带两本我的书，放在他墓前焚化。

米米进入高考倒计时，只剩五十天了。她每天只睡五个钟头，早晨被叫醒加推醒甚至再加甜言蜜语地哄醒。醒了还得赖一赖床，像求饶似的嘟哝：妈，我再眯三分钟。

我坐在园中园的石凳上，敲敲足三里，忽听有人说：好！用劲！原来是老方。我朝他颔首一笑，我们头一回招呼，尽管几乎天天见面的。

他向我传授养生经验。他道行深了。他说人身上的穴位全是药，既不必花钱，又无副作用，不用多可惜呀！接着介绍几个大穴，还演示给我看。再三叮嘱，动作要准确，否则不会得气。摸到涌泉，他说搓揉力度不宜太大，太大会干涸，似乎也应适度开发。

最令我动心的还是他的宽心话。他说，人生不得圆满的。《易经》你肯定比我懂（其实我不懂），《易经》六十四卦，最后一卦是什么？“未济”呀，不得“济”的，可错？人生就是折腾。即使亲人走了，不必太悲伤，悲伤可有用哇？我们圈子里，流传一句话，每遇什么烦恼愁苦，就吼一句：去他三百三！

我不禁一笑，它是“去他妈的蛋”的谐音，雅一点了，不难听了。关键词是“去他”，更关键的是带惊叹号的那种宣泄，其中的旷达，正是我短缺的。回家的路上，我居然念了一句：去他三百三！像觅到一句化解忧烦的咒语呢。

假如他不主动跟我攀谈，我就失去一位可以结为朋友的高人了。平时我们常见面，且有好感，我为何不主动跟他交往呢？除了性格内向，还因清高吧。其实，我清在哪里，高在何处呢？多少年来，我恐怕处于一种清高的幻觉里了。不好，清高会让我失去摄取能量的机会。机会不多了，能量于我是多多益善的。放下身段，敞开自己，只有这样，才能领受万千机缘，像草木那样，迎接八面来风。

喜欢穿旧的。物尽其用，对我而言，与其说是理性，还不如说是天性。大凡理性加天性，那就厉害了。

今朝穿袜子，居然穿出一则喜剧小品。我穿两双袜（夏天除外），第一双穿上，一看，大脚趾的部位一个洞，再穿第二双，大脚趾的部位也有一个洞。不禁一笑：同花对子——扑克牌中花色相同的对子。呵呵！

建平跟我一路货。路路淘汰衣服，必经她过目。她见了总是一脸惋惜，从中挑出两三件，先在身上比画，试穿，再面对镜子左看右看，如果喜欢，就在客厅走来走去，像逛T形台。偶尔，我也有份。那天是米米的毛衣和路路的衬衫，朝我身上一穿，居然通吃，接着跟在建平后头一同“走台”。逗路路开心哦。

喜欢用旧的，就连那只断了把柄的热水瓶，我还在用它。扔了当然便当，买只新的要花几钱呢？可就是不忍。用了七八年了，它还像新的，保温性能没打折。不过我倒开水的时候，不能不欠着身子，双手捧住它，尽管不爽了，却会渗出一点怜悯与体贴，行善似的；而且，就在我捧住它的一刹那，它银白的瓶壳尽管褪了色，还会像镜子似的映出我的容颜，不由得想起朱德庸的名画：《我们都是有病的人》，又生互助的哀矜。

固然，我是人，它是物，但，人——物，相连的，一体的。万物都有生命吧。

临清桥下的一对大白杨，每棵二人才能合抱，相距约两米，树干都外倾，倾也倾得对称的，远看像扇面。各有一条根凸出地来，粗如我手臂，互相缠绕，横在彼此间。我就把它当门槛了，每次总要从它上头一跨，登堂入室似的，然后在树下的青皮石头上坐坐，朝它们看看。

由于四周树木多，它们的主干被繁荫笼罩，看上去像阴森森的铁柱似的。右侧的树皮平整，那图纹可作大篆品读，读不懂，却也读不厌；左侧的树皮斑驳，像盔甲。树干裂了缝，终年渗水，仿佛溃烂的创伤，而周围爬满的苔藓倒像给它敷了膏药。

它们个子相仿，多像孪生兄弟呀。我是孪生中幸存的一个，它俩比肩而立几十年了。叶子小而密，即使只有指甲大，形状也像心，倒真是“叶叶如心”了。由于叶梗长，稍许有风，它就舞起来，像功夫小子旋转无数个回合却无闪失。风大便狂舞，狂得绿光闪闪，像十万旌旗猎猎，为一场什么征战开道似的。我更爱坐在树下，听它们在风中吟唱，无论是春歌还是秋曲，天然的弦乐味道。细微时恰如揉弦，一直揉到我的心头了。

难得听见足球狗叫了，叫起来也是吼叫，再也听不到那种甜甜的呢喃。踢足球的女孩去外地上学，没人逗它了。它身上的黑毛不像以往黑，白毛不像以往白，褪色了。

徐老师发来短信:“罗曼·罗兰说，一千次快乐，抵不上一次痛苦。老师，为什么?”

这个问题不大好解释，至少不是三言两语能说清的。我甚至怀疑，她会不会考考我呢?幸亏我记得叔本华的一个观点，发给她代为回答吧。“叔本华认为，生命的本质在于生存意志，而生存意志的本质就是痛苦。”

我在河边看栀子花。于师傅划着小船来了，老远就响朗朗地喊我，声音贴着水面飘。我喊他一声于师傅，喊成同样的腔调。

他用网勺当桨，一上一下，忽左忽右，把船划成皮划艇似的。由于水在流，船在晃，动作便柔曼如舞。那网勺像笔，遇到水面树叶成堆，他一勺一勺地捞，像书法中的点呀、捺呀，假如树叶零星，他用网勺沿着水面拖，又近乎书法中的竖、横和撇了。

当船靠近我，他问，老师，你晓得什么花开的时间最短呀?我说，那肯定是昙花，昙花一现嘛。他笑笑，没作声。看来，我答得不对，可一时再也想不出什么花。他朝我望望，好像觉得不该让我为难，连忙说，小麦花。它开得长的，半个钟头，短的，五分钟。为什么?它要赶紧受孕结籽，晓得种田的眼巴巴地等它们登场呢。说罢，笑眯眯地划着船走了。

唉，白杨树下的青皮石头被人占了。他们的老家因为筑路拆迁，住到城郊安置房（他们称之为“鸟窝”）。从此没田种，没事做，就在公园打牌消消遣。打牌的地方多哩，可他们看中白杨树下。尽管我天天在白杨树下定神，看书，三四年了，但哪有独享的资格？只好让，坐河边去吧。

我跟他们相距七八米，干扰不算大。奇怪的是，他们天天把扑克牌放在青皮石头上，却还不曾打过牌呢。每天只来两位，不是甲乙，就是乙丙或者丙甲。据说起码三人才玩得起来，偏偏只来两位，即使说好来的，最终也不一定能来。于是只好等，一边等一边说说话，话总归有说的，而且说得蛮起劲。

他们说的我不听，我看书报，但有时风顺，直往我耳朵里飘，不听也得听，我也就听听了。

昨天，一个说，今朝某某来不了，在家烧他老子的“周年”。他搬进“鸟窝”头一回烧“周年”，烦哩，先要去老宅——老宅的宅地成了公路的路牙，他要站在那块跟他老子的阴魂打招呼，从今以后也得去“鸟窝”了。

一个说，今朝有雨。另一个咕哝，有雨没雨关我们屁事。往常要惦记庄稼，现在省心了。一个却说，太省心也不好，日子空落落的。往年，田里撒了种，假如天旱，夜里一醒，听见下雨了，哪怕是淅淅细雨也听得见的，即使听不见也闻得出凉丝丝的水腥气呢。我睡不着啦，翻来覆去。有一回把老婆惊醒了。我兴抖抖地说，下雨啦。她在我背上捶了一记，说半夜三更，别吵我，你想下田你下田吧！哈，我哪肯下田？我一把搂住她……另一个笑道，哦嗬！你这家伙要“下雨”了……

老方也有怪异的地方，他不得大病急病，不找医生的。感冒了，发烧了，不仅不找医生，连药也不吃，只是躺几天，硬撑，说什么要让免疫力来一次操练呢。

老方对什么病都能说一通，像我们的全科医生，特别是对付便秘有绝招，绝招代号“大解放”。有人背后就称他“大解放”呢。当面叫他“方大师”。我还称他老方。他喊我老潘。每次跟我告别，身子略前倾，再朝左一偏，同时把右手举到头顶，挥一下，定格。帅极了。

今朝白杨树下的老人谈牛。一个说，我养牛蛮有门道。另一个说，我也养过牛。于是回忆那些牛的样貌、品种，接着说说割过的牛草，那草名好听，我忍不住掏出笔来记：蟋蟋草、马兰头、毛狗罗罗、花眼草、兔子草、鳗鱼老藤……他们越说越快，比赛似的，还有几样我记不下来了。

一位说，有头牛，最难忘，它浑身漆黑，身块大，耕田耙地没话说。拉磨走一圈，总归是九步，肚子饿瘪了还是九步。比人还懂事，吃料吃到最后，舔得桶底朝天，连嘴角鼻子边上黏的屑子也舔得干干净净。从田里收工回去，哪用人牵？自己走到牛棚里。假如为它熏烟赶牛虻，它喜欢得把尾巴甩成绸带似的。

那一年，它长到六颗牙，老了，也病了，一天天瘦下去，请了几个兽医也没治好。又卖不掉。有人说，趁它没死，杀杀吃吧，病死就吃不成了。有的舍不得杀它，宁可让它病死。可有的说，这辈子还不曾尝过牛肉哩。最终决定杀。

黑牛好像听见风声，不再吃了。本来眼皮耷的，之后看见有人经过，忽然瞪大眼睛盯着对方，再后来，眼睛里一亮一亮，泪汪汪。它还是被杀了。我们不敢去看。杀下来的肉，一户分一份。我妈把它朝河里一扔，哭了。你晓得哪个最伤心？我三叔。黑牛是那年他带队长去买的。他骑自行车，车后坐队长，赶到牛行，不下车，只朝牛行的牛群扫了几眼，骑到前头的烧饼店才下车。然后一边吃烧饼，一边对队长说，你去牵那头黑牛吧。队长就去牵黑牛。黑牛真是好牛啊！哎，我三叔买牛牛不牛？

另一位说不出牛的故事，念唤牛的“口令”。“匹——”他身子向右一歪；“牵——”他身子朝左一倾；念到“搭直——”他居然站起来朝前走了几步，还跨到青皮石头上，头一昂，直嗓子朝远处喊：“匹——牵——搭直——”似乎在唤那个迟迟不来打牌的人。对方笑他发神经。他说，那狗日的生肖属牛，也是牛哦。

吃过晚饭，坐到沙发上，身子跟地面大约呈 45 度的姿势，这对于肠胃是个安慰。然后打开 MP4，听音乐。

第一首《如歌的行板》，等于序曲，听老柴如何点化忧伤。

第二首《二泉映月》，阿炳用二胡倾诉，哭泣，最动心的乐句就像哽咽，历来爱听，如今更要听了。第三首是舒伯特的《圣母颂》，我顶喜欢，钢琴与小提琴的协奏，由低回而激越，像翅膀拍击，把我的神思引向浩渺天空。偶尔，也听听"贝九"。贝多芬聋了，却听见命运在敲门，于是横下心来用"贝九"回应一声。这一声惊天动地，穿越时空，听得我心旌摇曳。

白杨树下依然来两位，牌又打不成，只好说说话。我倾耳细听，倒像采风了。

一位怀念乡下的竹子，说过去丫头找对象，要"三看"——看竹子、房子、小伙子。现在没竹子了。

另一位说，老早我家竹园不足半分田，长得旺，有一年——我大概读小学，床底下钻出一根竹笋来，长到二尺多，我妈把它挖了，说再不挖，它要戳你屁股了。又说，我家竹子硬，能作弹棉絮用的鞏竹棒。他边说边站起来，摆出弹棉絮的架势，嘴里还念："嘭嘭嘭，嘭嘭嘭……"随后坐下，哗啦啦地洗牌，不断唠叨，今朝总归要玩一把，要不，往后不来了。说着，眼睛瞟着我。我虽然坐在河边，却不看书了，身子转向他们听故事。

他朝我一笑，说，老师傅，跟我们玩玩牌吧。我一时不知如何回答。他又说，输了，算我的，赢了，算你的。另一位对我说，他有钱，他有"退休"的。每天天一亮，一百块钱到卡上。他急了，说，哪有一百？九十一块七……可我从来不玩牌，也不会，不过，又不忍让他们扫兴，也担心他们下回不来，他们不来就听不到故事了。何况他们“等待戈多”也够惨了，我就客串一下登场的“戈多”吧，于是站起来。那老头赶紧跨到河边拉我，我坐到白杨树下。

他们玩的“钓金龟”，我听也没听说过。我输了十七块钱。他们要退给我，我不要，说就当交学费吧。

那高个子叫猴子。

徐老师去图书馆还书，从公园穿过，正巧遇到我。我们说说话。我居然朝她脸上多看了几眼，怀疑她红润的脸色是化妆的。不是的。即使是那种淡若无的妆容，还是识得的。看来，她不化妆，那红润原生态，像苹果洇出来的红晕。

我不禁自问，徐老师的脸色红润值得探究么？不必，也不好，往后免了，坚决免了。尤须警觉的是，我即使在手记里检讨不是，以后还会故态复萌。要管住自己哦。

明朝就要高考了。街头在卖“状元香”，长两米，比大拇指头还粗，一扎十二支。

正巧《香橼》公映，央视来人参加仪式，做大了。我应邀出席。头一回在银幕上看到自己的名字，更可喜的是，香橼吉祥，可以供佛的。《香橼》在米米高考前夕亮相，也算吉兆，也算“心香”吧。

苍——天——在——上！

米米考得蛮好。

路路脚伤好多了，但还使不起劲来跺脚。每次回来，估计她快到楼下，我就出门跺一脚，把三楼二楼的感应灯跺亮，然后竖起耳朵来听听楼下可有动静。等了片刻，倘无动静，又跺一脚，有时一而再、再而三，啪，啪，啪。就像放鞭炮。

今朝我跟路路谈再婚，首次提及，也似乎可以提了。路路默然很久，淡淡地说，米米在电脑上替我算过，我不宜再婚。

后来我想，重要的恐怕还是她与他的姻缘难断吧。尽管，他们像好多夫妻一样，日子几乎也可以说是凑合着过的。然而，他意外的伤亡不会不使她重新看待他。那些曾经的怨艾与隔膜会逐渐消弥，而陡生无尽的痛惜和伤恻。他们毕竟共同生活了十九个春秋，善良与忠厚又是他们品性的共同底色。

樱桃吃到最后，剩下并蒂的两颗，紧紧依偎，鲜红鲜红，中间的细梗子翘成一道弧，碧绿。路路朝它看了又看，不吃，用手机拍下来，依然不吃。

老方教我们按摩了，一天一个穴位，先教大穴。本当第一个是百会，它位于头顶，真所谓从头讲起。没想到捞树叶的于师傅双手捂着左腮喊牙疼。老方赶紧给他按摩右手的合谷，几分钟后，于师傅说好多了。于是老方讲合谷，还说一段小插曲。那年美国总统尼克松访问中国，中国替他做了个手术，没麻醉，用针灸镇痛，头一个穴位就是合谷。接着，老方向大家示范。

有人问，每趟按多少次呀？老方一本正经地答道，你想活多少年，就按多少次吧。那人一笑，埋头按了片刻，又笑，说不能再按了，我不能想活二百岁呀。

离开公园，老方拉我一同走，给我“开小灶”。说合谷有个对穴：曲池。边说边抬起手臂指给我看，又说，对穴就像一对朋友，能互相帮衬，共同发力，假如一起按摩，效果叠加。他忽然止步，笑道，哎，我名字里正好有山，山谷的山，我是合谷；你是曲池，你姓名里不全是水？我心里一动，假如往后要取个什么网名，就叫曲池吧。

泰州的薛梅、素素和明官特地来看我。多谢了。

初见薛梅和素素，是 1997 年吧，在乔园。我的《世纪黄昏》在《清明》连载，素素想为报纸作访谈，薛梅陪她去的。徐一清领她们去的。印象最深的是 2001 年，泰州作家赴溱湖采风，他们都去了。当年的溱湖叫喜鹊湖。湖心有座喜鹊桥，我们经过时，喜鹊正在桥头叫。水鸟绕湖飞。湖面如镜，与天一色，水草像浮云，碧绿的。湖边的野草黄了，灯笼草、盘根草、狗尾巴草……淡黄、金黄、明黄，随风起伏，还不时露出花来，变戏法似的。那秋色何其斑斓，忘不了，连日子也忘不了——

霜降。

庞余亮和陈永光陪我接待他们。交谈中说到苏东坡，那个“无可救药的乐天派”，倒是个能在“霜降”开花的人啊。

没想到猴子，就是玩“钓金龟”的那个老头，大放光彩了。

今朝有档演唱队来到白杨树旁，闹得他们玩牌玩不下去。猴子好言好语，请她们稍微离远点，音量调调小。那领头的胖奶奶横了一眼，根本不睬他。猴子急了，说，公园是大家的，你不能不顾别人啊。胖奶奶也许说了句什么狠话，两人吵起来。忽然猴子来了火，说你们唱什么唱？还不如我吼几句哩！胖奶奶朝他一瞟，冷笑了，把话筒当榴弹似的向他一指，喊，你来你来呀！猴子闻声一步大跨，夺过话筒，朝嘴边一摆，像要把瓶好酒喝个底朝天。头一昂，真的吼了。

猴子一吼，我一惊，胖奶奶眼睛瞪得滚圆。他不光嗓门亮，而且吼的既不是什么戏，也不是什么歌，是乡村的老民谣：

哎嘿哟——
山歌不唱忘记多，
大路不走草成窝，
钢刀不用会生锈，
人不站正背要驼。

那些听众平时听的是唱滥了的，猴子唱的多新鲜、生猛，何况用靖江话唱。方言是母语。尽管我们平时说的听的多是方言，但歌声里听不到，乍然一听，那唱出来的方言有一种酽稠的亲切，真像“乳汁般的轻唤”呢。猴子才唱了两句，掌声响了。猴子更来劲，唱到最后一句还做了个鬼脸，大概暗示那句“人不站正背要驼”里是有“骨头”的，砸人的。可胖奶奶并未感到那“骨头”砸人，倒似乎捅了她的痒痒塘，不禁笑起来呢。

再来一个！有人喝彩。猴子劲昂昂，还鞠了个九十度的躬，又唱，这回很正式，先报歌名：《对山歌》。说罢转身喊，培郎！那跟他一起玩“钓金龟”的早就站在他身边。猴子拍拍培郎的背，说，上！两人对唱：

一把芝麻庠上天，
我肚子里山歌万万千。

你歌哪有我歌多？
我手头就有几十箩。

你唱山歌可有根？
你晓得东海有多深？
扬子江上多少浪？
靖江孤山有几斤？

我唱山歌怎没根？
东海只有万丈深，
扬子江上浪推浪，
你抬孤山我来称。

最后，猴子压台的是首情歌，有点“那个”了。

东家大姐洗澡不关门，
西家情哥来借澡盆，
露水里蜻蜓最好捉，
雨打知了不作声。

胖奶奶听了先一愣，忽然用手捂住嘴，咕噜噜笑。

听说，猴子是乡下唱凤凰的老手，怪不得厉害。

园中园的那棵石榴挂果了，而那只老得发黑、坚守枝头大半个年头的石榴不见了，肯定掉在水池里。它似乎放心了，新果满枝头了。

又看合欢。它有个别名：青棠。合欢是寄意，青棠却传神。特耐看，尤其是叶子，小清新，稍许有风，枝叶便动起来，即便枝丫不动，叶柄会摇，叶柄不摇，叶片也会晃的。那叶片细，轻，又密，像羽毛翩翩。忽然风大了，那又细又长的枝丫一舞，像抛水袖呢。

正欲离开，忽见池边浮出一只龟，转眼沉下水了。它会不会是我家的？去年跳楼后爬进小河，潜入公园？也许是的，否则，它见我为何不好意思？

九点去公园，走到桥上忽然眩晕，两三秒，近乎“短路”。我站定，防跌，总算还能走。体检才几个月，没什么危重毛病，所以不慌，但也感到毕竟老了，经不起风吹草动。

常常想到，最终离开这个世界的事情，那就是死了，必由之路。人生在世，仅是个过程。

其实，寿命的长短不太重要，就像文章的长短不太重要一样，重要的是生命质地。因为，长短相对的，无论多长总还是短的，何况自己也做不到主，质地可以做到一点主，之所以说“一点”，因为意识到这个问题，往往惜乎晚矣，没多少时间和能量了。其次，告别这个世界的方式，就是一位哲人所说的“姿势”，也蛮重要，而一般人会忽视的。须有“底层设计”，把该做的能做的，通通做好。再次，别把自己完全交给医生，免除巨大而持久的苦痛，自尊而从容地死吧。

朋友说我不该有末日感，早哩！可对我来说，那末日感是油然而生的，有什么办法？看来，人体固然离不开地心的引力，人到老年，精神也摆脱不了地心的引力吧？

诗人卧夫死了。

他独自钻进一座荒山，赤身而坐，七日而亡。那“姿势”等于直面死神凌迟。

他的死因众说纷纭。我相信他不会因为世俗的挫折、失败而自尽。他爱海子，追随海子，同样把死化成诗，而他化成的，堪称“绝句”了。

他以狼（卧夫是狼的英文 wolf 的音译）的勇猛与凶残，向死致礼。他的死大了。

汉祥来电话，问米米高考可曾过关。早就想问了，他担心听到的不是好消息。

想念汉祥。我们 1969 年相识，在县里的《白毛女》剧组。我在伴唱组独唱。他在乐队吹竹笛，吹得两颊泛出圆溜溜的酒窝，那笛声似乎从酒窝里淌出来的。1986 年，文联成立了，我俩搭档五年，情同手足。

汉祥虽不是科班出身，作曲不比科班出身的逊色，玩乐队那就牛了。他更是个有趣的人。如今有钱的越来越多，有趣的越来越少。如果说他玩音乐是雅趣，他的滑稽、诙谐，喜欢说说昏话和荤话，便是俗趣了。那年春节，书记拜年，汉祥把书记说得开怀大笑。当时，江阴靖江的沿江开发和两岸联动正热火朝天。汉祥说，书记，我是靖江人，老婆江阴人，我们早就“两岸联动”了，而且有成果，生了个儿子。

他一入酒席，成了开心果。他与某女的艳情顶多三真七假，却被大家当作一道食材，放足佐料，不是冷拌就是爆炒，还百吃不厌。他喝酒几乎不吃菜的，这就容易醉了。他就图醉一醉吧。诗人说，“酒是黄昏时归乡的小路”，也许，只有醉了才算真正到家？所以，每当酒喝到一半，甚至刚开始，就得物色护送他回去的人了。把醉了的他送回去，是一道关，要准备去堵“枪眼”——顶住他家里人的责怪，像组织“敢死队”似的，好在总归有人自告奋勇报名的。

1996 年，一群草根音乐人组成绿风乐团，他任指挥，其实也是团长，又像家长——那种热心收留流浪儿的家长。如果说，平时他像虫，朝指挥席上一站，就像龙了。那满头长发伴随指挥的节奏，时而碧波荡漾，时而烈焰腾空。即使分文不名的，时运不济的，也能在乐声中像花一样开了，像水一样流了。绿风乐团用音乐应和了崔健的那声呐喊：“现实像个石头，精神像个蛋，石头虽然坚硬，可蛋才是生命。”他苦了两年，“疯”了两年，乐团不得不风流云散。我见证了乐团的兴衰，似乎再次得到一个命题：在物欲横流的年代，我们用什么浇灌心灵？如果说，《世纪黄昏》主人公的应对是颓废的，最后陷入沉沦，而绿风的应对是向上的，却也以悲剧告终。我能不能以此为素材，再写部长篇小说，为大时代的小城生活另留一份记录？

那年我已近花甲，公务繁忙，身任数职，但我晓得，垫在最底下的身份是作家，作家应有作家的担当吧。何况那绿风在

花木便像一本活生生的书

我心里鼓荡，我也不得安生。唯一的解药——把它化成文字吐出来。更何况，我何尝不像绿风的乐手，愿借笔端的音乐，作一次次远离现实的飞翔？

从不熬夜的我，常在绿风的弟兄下乡服务丧事的时候，跟着去。他们平时的聚会——那种逢聚必喝酒、喝酒必疯狂的场合，我也去。由于音乐将是未来小说的血脉，绿风的排练和演出，我更要去了。

书名“幸福花决心要在尘土里开”，它是蚂蚁乐队的一句歌词。我写了四年，可真正能够用来写作的时日有多少呢？即使是双休日，也只能在上午，下午不敢动笔，更别说晚上了，失眠严重。而服用三十多年安眠药，思维像生锈的自来水龙头，既开不大，又关不紧，滴滴答答，特耗神。即使散步，脚板也会像敲了什么键盘，脑海的荧屏会突然蹦出小说里的某个细节，某句话，总是不踏实的，准得很呢。我对时间的珍惜近乎苛刻。登楼往往一步两级。吃苹果总是边削皮边吃。为了学会挤时间，还啃过柳比歇夫的《时间统计法》。晓得常走的街道，哪几家商店有钟，经过总会瞟一眼。

然而，好不容易挤出来的时间，一遇生病，漏得光光。右眼眼病发作，只好闭上，用左眼。可怕的还是心脏早搏，没什么特效药，我不得不歇下来，又担心早搏久了会不会突然不搏。只好买盒速效救心丸，放在床头柜，以防万一。后来还打算拜托一位朋友，倘有万一，帮我续写小说。可转念又想，此举有点吓人吧，于是写几句嘱托，放进抽屉，这才安心。小说里的小城被我写成干燥之城，当然，干燥是隐喻。不久，我得了一种病，就叫“干燥综合征”，不禁一声长叹，我与小说血肉相连了。

小说写得不算好。黄毓璜在座谈会上说它可以排在江苏长篇小说的前列，多属勉慰哦。它应该而且可以好些，多漂亮的题材啊。后来，应上海一家影视公司之约，我改电视剧，脑洞大开，生发许多情节。假如小说同样如此，那就厚实了。黄毓璜私下点拨，我的长篇小说都有些单薄。曾经有念头，修订小说。如今不可能了，永远不可能了，想来又似乎愧对汉祥和他的弟兄们。

2012 年，我遇不幸，汉祥已去南京照顾孙女了。他回来看望过我。如果他还在靖江生活，他会常来看望我的。可是，为什么不给我常来电话？也许，他过得并不畅快？他像一棵连根拔起的树，移栽南京，不容易郁郁葱葱了。我实在想他，就到他家去看看。过去常去，走 16 分钟，在他家小屋的藤椅上坐坐，说说话。小屋天窗特别大，仰面可见屋外的槐树探过头来，像一幅画。

今朝下午我又去了，走了 19 分钟，只能在屋外站站，望望，转转。屋空人不见，槐树叶子青。

没想到猴子成了胖奶奶旗下的头牌，扑克不玩了，天天在公园里唱。那已经远去了，淡忘了，或者被碾碎了的乡村景色、风情和民俗，从他的土腔土调里飘出来，多少人的心田被他唱软了，滋润了，眼睛放出光来，嘴里笑出声来。那些曾在乡村生活却阔别多年甚至再也回不去的，全成了他的“铁粉”。有位坐轮椅的老太太，每次总要给他赏块巧克力，有时等久了，一直捏在手掌心，那巧克力塞到猴子手里，融成一块疙瘩了。

我一边听一边记。光以“十二月”为题的就有《十二月花名》《十二月叹长工》《十二月巧媳妇》和《十二月望郎》。

今朝猴子唱的是《娘问女儿》，跟胖奶奶对唱呢。

春风吹来草木苏，
娘问女儿可要夫？
我要江上撑船哥，
力气更比潮水多。
脚丫夹条九斤四两的大红鲤，
一甩甩到我家竹园里，
麒麟见了呵呵笑，
凤凰吓得蓬蓬飞。
娘问女儿可嫌男人丑？
他升罗大的鼻，巴斗大的头，
叫他到东家借笤帚，
吓死一条老黄牛，

叫他到西家点个火，
吓得灶神无法躲。
哎呀呀，哎呀呀，
阎王嫌他丑，不把他的名字勾。

胖奶奶唱得也蛮好，倒成了猴子的黄金搭档，不过唱到有趣的地方她会忍不住笑喷。笑喷更妙，引爆听众笑得像放鞭炮。

猴子虽然失去土地，但祖祖辈辈酿造的乡村民歌还存于记忆。然而，他们再不唱唱，就会失记了，失传了。让不该失传的失传，也是灾难。作为一个热爱民间文学的人，我跟猴子的相识，岂不是幸会？而他加入公园演唱队，唱唱民歌，倒是某种精神还乡，又何尝不是走出失地困境的新生呢？

我还觉得，宁可小看自己，不能小看他人，包括那些看上去瘪兮兮的人。我要推荐猴子成为“非遗”传承人。民歌也到了抢救的时候了。

足球狗寂寞哩。它把前脚搭住栅栏，昂起头来朝南呆望。

我从我家北窗经过，正巧发现，仔细打量，它的额头中间到鼻子到嘴全黑，两侧全白，蛮像足球，就连那卷成一团的半黑半白的尾巴，一翘一翘，也像足球。我连忙拉开窗子，贴近窗口，让它看得见我。可它没反应。我敲敲窗玻璃，它还没动静。接着居然学了一声狗叫“汪——”，它随即回应“汪——”，不多不少，只一声，而且毫无敌意。

今朝才晓得，徐老师比路路小两岁。她的生日固然跟路路不是同一年，也不同月，却是同一天，呵，错！是同一个日子，呵，又错！是同一个农历的廿 ×。初听仿佛石破天惊呢。为什么？不就是多了一个“同”么？她跟路路，除了命运（确切地说，是一次劫难）相同，出生又都是农历廿 ×，也是某种“同”了。我们结缘似乎又多了一个缘由。然而，这个“同”，岂不是一个暗示？她更像我女儿了。

猴子那天唱山歌，歌词我只记了个大概，今朝去核准。我送他两包烟。他眼睛一亮，塞进口袋，笑道，我们小时候学山歌，花“金条”呢。我听了一愣，金条肯定用不上，也许有什么故事吧。

果然。他说，我爸肚子里山歌多，不过，逢他高兴才教呢。我们常常看准他把门板脱下来，搁在门槛上，坐上去编竹器了，赶紧钻到他背后，先替他捶捶背，再掏出一根早就备好的“金条”——两尺多长的小麦秸，反复捏，捏扁了，软了，亮了，真像金条呢。然后摸住他裤带，那年头哪用皮带？裤带仅是一根绳。我把“金条”扣在他靠背脊骨的裤带上，打个结，左手两指拽住它，拉直，右手两指捏住它，往后抹，吐点唾沫抹。你晓得，神哩，那“金条”被抹得微微颤动，像什么？像通电！那电先传到裤带上，裤带也会跟着颤的，而裤带的颤动再传到他的腰眼里，像按摩了，惬意哩。他一惬意，就哼山歌啦。我们跟着哼，一边抹，一边哼，一首山歌学会了。

猴子说，我爸拿手的是信口编，即兴唱，见花唱花开，见鸟唱鸟飞。这要靠悟性，教不会的，掏真金条也学不了啊。

常去公园的，那几乎以公园为家的，多像没脚蟹。所谓老弱病残，有的占其一二，有的占二三，也有全占了。大多有个圈子，除了大风大雨，天天聚，聚出了气场。即使六分好的脸色，圈子里的人见了也会说你气色不错，明明晓得对方打的最高分，心里还是喜欢的，心里一喜欢，气色也会好些呢。有的在家怄了气，到了这里一吐槽——吐的哪怕不一定是那件事，气也就消了。就连烧菜的心得，宠物的饲养，也有研讨。当然，保健养生是主旋律了。他们说，饭吃得起，病看不起。还说求医也要求己。大凡能不去医院的，尽量不去医院。于是聚在一块，形成一个养生圈。各人都有病，久病成医，交流体会和信息。隔夜听电视里说的，往往成了第二天的热门话题，还各有各的“专科”呢。

我属脾胃专科。只要有人学，我就教他按摩。昨天保洁员问我，平时吃什么对肠胃有益？我想起专家的推荐，第一，芋头。保洁员笑道，田里多哩。我说，第二，酸奶。她眉头皱了，细声问，酸奶几钱一份？我挑便宜的说，两三块吧。她摇头咕哝，一天的菜钱哩……我只好教她按摩中脘，再三关照，饭前，快速……她问，那要摩多少圈啊？我忽然想起老方的说法：你想活多少年，就摩多少圈。她不禁笑道，那倒好哩。

有人说，慈禧太后爱吃八珍糕健胃，那八珍糕我们也吃得起，于是介绍配方。

老方说，苏东坡吃撑了有个晃肚子消食的办法——“晃海”，这名称多浪漫啊。又说，苏东坡坐着晃，我散步也能晃呢。居然晃给大家看。丁总率先模仿（我以为丁总是哪家企业的老板，不是。是小学的总务主任）。大门面跟上（他的脸大，诨名就叫大门面）。随即一个个跟着老方晃，像醉汉走路，七歪八倒，乐成一团。

接着，老方发布信息，他天天有新信息。今朝提醒大家，专家说，65℃以上的食品就算致癌食品了，粥也好，水也好。又说，对付脸上的斑点有绝招——拍打脸。他边说边示范，大家试着做，不过，毕竟像打耳光，而且是自己打自己的耳光，有的迟疑，有的不好意思，也有打了两下就不打了。他却像模像样地打，噼里啪啦地响，正巧树下的音箱里飘出一首歌，他打进了歌的节奏，那打的似乎不是脸，而是什么鼓了。忽然，老方伸手朝大门面一指，说，你的脸大，不打真浪费呀！大门面只好打。大家笑呀，有的跟着他边打边笑，有的不打只笑。不管怎样，笑总归是治病的药啊。

说笑话成了固定节目。我至今未说，也不会说。大家朝我望。似乎不说说笑笑就不算养生圈里的人了。我就说吧，甲乙合睡一被窝。甲腿上痒，挠痒，可挠来挠去还是痒。乙睡着了，忽然坐起来，喊痛。原来他的腿被甲挠得血滴滴的。这笑话偏冷，“笑果”欠佳。我打算再来一个。忽然想到前天自己闹了个笑话，不妨说说？笑自己又比笑旁人高了，假如当众笑自己呢？那就称得上豁达，可我不是个豁达的人，竟豁出去了（此刻写手记，还感到奇怪，我当时怎么敢于出自己洋相的）。

我说，我前天收到一条短信，是邮储银行的，李玉芳给我汇 15000 元。我以为是诈骗。隔了几分钟，我看别的短信，又朝它一瞟，那上面的汇票号、取款验证号，倒是一应俱全的。从公园回家，路过邮储银行，我把短信给大堂小姐看看，问，可是你们银行发的？她说是呀。我说我不认识这个李玉芳，怎么会汇钱给我？她笑了，说，管他呢，钱又不咬人！她接着问，哎，你可是在上海工作退休的？上海退休老人福利高。我摇摇头，不过，一听上海，脑洞忽然大开，我有篇散文被《全民阅读·阶梯文库》选用，就是上海出版的，汇来稿酬 500。这回是 15000！难道我又有什么旧作被看中了？派大用场了？我把手机打开，直接递给柜员，再问可是真的。柜员点点头。我顿时一喜，可是，当我填好取款单，交给柜员，柜员却说，你填错了，不是 15000，是 150。我一愣，细看手机才发觉，原来最后两个 0 的前头有个小数点的，我却以为是分隔数字的逗号，可逗号应该用在三位数的前头呀，糊涂了。我连忙打招呼，又说，这 150 我也拿得不明不白，汇款的李玉芳，我不认识呀。柜员说，汇票号码好像是报社的。哦！看来是报社发的稿酬。往常是去领的，现在改用短信了。我的天！我自己骗了一回自己！

大家听了呵呵笑。虽然笑得没我期待的火爆，却有了连锁反应。接着，有人也讲自己的糗事，荒唐的事，引出一串笑来，那笑中有点苦，有点涩，又似乎别有光亮呢。

最后，老方做小结：哎，会笑的脸，跟会跳的心脏一样重要啊！你们讲的，如果取个总题目，就叫《笑糊涂》。哎，老潘，你记下来，写成文章，给报社，一篇不是150？我们天天讲，你天天写，哎，一百个150，不是15000？大家笑得稀里哗啦。

大门面嚷道，到时候，请我们去草原酒楼啖一顿。

临别时，老方拍拍我的背，说，你跟大家哥们了。

我感觉像下"投名状"了。

我对朱自清的"刹那主义"颇有会心。

俞平伯赞赏，"把颓废主义和现实主义合拢起来，形成一种有积极意味的刹那主义"。朱自清说，"我的刹那主义实在即是平凡主义"。

我能否这样理解，刹那主义，首先把时间切片，以瞬间抵达永恒，或指向永恒；以细部营造整体或弥补整体？也许还包括从小处、暗处搜寻意蕴与美？刹那主义于今还有意义。

那朱自清为何把它名为刹那呢？它是梵语。曾在一本书上看到，将40张菩提叶叠在一起，举刀剁下，那刀刃透过每片菩提叶的瞬间，称为“刹那”。为何如此计量时间？用刀、菩提叶，而且还要剁呢？

又看看那棵老柳，它根部的绿芽长出筷子高了，六根，吉利数！即使老柳死去，这芽鲜活，又在根部，连接河坎，沾满地气，会长成树的。

米米高考录取了。尽管网上已经公布录取名单，可我还是期待一张色彩斑斓的通知书。

通知书寄达的邮址是我的。听说今朝能收到，八点过后，耳朵竖起来了，一直竖到下午三点五十，电话响，建平接的，她丢下话筒飞快下楼，片刻，举着一只大红信封送到我面前。

我把它捧在手里，仔细欣赏，不忍撕开，也不用剪刀，而是慢慢揭开信封黏合的封口，不让信封破相，可心毕竟急切的，最终破了半只角，抽出通知书，闻到一缕墨香。建平打开所有的灯，每个字闪着光泽。

忽然，楼梯脚步响，一轻一重，自下而上。

老方要我写个小节目，让大家自娱自乐，而且一定要乐翻天。我构思好了:《返老还童》。

几位爷爷奶奶碰在一起，说我们也有一个梦哩。什么梦呀？都不好意思开口，那就一齐说吧，没想到说的一模一样——

返老还童。如何“返”呢？身体肯定“返”不过去的，那就让心“返”过去，心如何“返”呢？只有唱了。于是，各人唱唱记忆里最早的儿童歌曲。边唱边跳，跳当然跳儿童动作。有的唱《卖报歌》，有的唱《我在马路边捡到一分钱》。

唱的节骨眼上总得泛个花头，搞搞笑，比如把《卖报歌》中的“七个铜板就买两份报”唱成“七个铜板就买三份报”。

最后一个顶滑稽（要让老方演）。他说他唱的是他妈妈快生他的时候哼的山歌。大家笑喷。说你的梦做豁边了，那不是返老还童，而是返老还……还什么？一个个笑弯了腰。

刘浩成赠送的箫，我天天吹。尽管年轻时吹过，毕竟荒疏了，重新学，终于，勉强吹出《步步高》。

中秋节又要到了——他出事的日子。去年我不敢朝中秋节的月亮看一眼，甚至感到那月华也是寒光。今年，我要望月，赏月。

月亮也有阴影，古人说这阴影是桂树，其实是月球上绵延的山脉，有峭岩有峡谷，却无水无气。多亏太阳把它照得银光熠熠，成了月亮，成了悬在天空的一个诗眼：“月有阴晴圆缺，人有悲欢离合。”

足球狗令我大开眼界。它居然扭着颈项，撅起身子，盯住它卷成球一样的尾巴转呀转呀，整个身子转成一只滚动的球了。

自娱自乐，打发落寞吧。

中秋节快到了。我做件好事吧，请有关部门，在爱心托老院的门口栽树。

爱心托老院是以朱秀璋为首创办的。多年前，她身体连受三次重创，一一绝处逢生。患病，幸存，都是命运。命运没有最糟，只有更糟，所以，幸存也算幸运了。她办托老院，固然为创业，更是行善，为普通托老院不能接纳的失能老人敞开大门，还把托老院办成医院，又像大家庭。她被评为“泰州好人”。而四十年前，她是生祠文艺宣传队队长，我是队员，如今，她是我心目中的队长，我要以她作榜样，用善行来表达劫后余生的感恩。

树栽好了，香樟、桂花、广玉兰，它成了托老院的绿色门厅。

公园为树木挂标识牌了，标明树名、科属和特性。树们像领了身份证似的。我提这个建议两年了，终于实现。

最好搞个活动。把学生请来，让他们认认这些树木，喊喊它们的尊姓大名，让树木成为他们一生的朋友。最好，学学墨尔本的植物园，在标识牌上来点浓墨重彩，比如，在木兰花的标识牌上写道：它是春的先知，它一亿年之前就存在了，跟恐龙一样。比如，在玫瑰花的标识牌上写道：玫瑰如同生命的旅程，它的美，象征自我完善的追求，它的刺，象征毕生面临严峻的考验。果真如此，花木便像一本活生生的书。

“我爱树木胜过爱人。”贝多芬说。为什么?

森林曾是人类的襁褓，人与树的亲和与生俱来，刻骨铭心的。而树呀，人呀，包括世间万物，都是一种生命体，彼此平等，理应互助互爱的。贝多芬又喜欢在树林散步，那种漫长的散步，不仅能滋润心灵，抚慰忧伤，也会迸出创作灵感的。他肯定爱树木了。

然而，他为何爱树木胜过爱人呢?也许，他觉得树木对人的友善是绝对的，对人的奉献也是绝对的（一棵大树每年能释放一吨的氧，增加土地肥力的价值将近三万美元）。而人与人的友善显然谈不上绝对，奉献更谈不上绝对吧。

我如此揣度，未必说在点子上，贝多芬会有更深邃的感悟，可不管怎样，我信奉他的“我爱树木胜过爱人”。

昨天我对猴子说，申报“非遗”传承人，上级也许要你唱一段。他说，笃定。我说，最好准备新鲜的，正能量。他又说，笃定。

今朝他编出来了。令我意外的是，唱真人真事，我记得个大概：

空村计

一记锣鼓响三里，
我来唱段真事体，
假如其中掺了水，
你就骂我狗日的。
说的是金村老支书，
头发就像雪花飞。
每天下午三点半，
他从村东到村西。
望望进城看病的可回来，
但愿听到好消息。
看看懒鬼可曾去上工，
一见大门锁了心欢喜。
跟没事的老人说说话，
说得个个笑眯眯。
盯着空关院子里的杂草看，
恨不得钻进去拔光才惬意。
儿子接他进城住，
他说魂灵丢在村子里。
即使金村变空村，
我也唱出《空村计》。

他问我编得怎样，我向他竖大拇指。他笑道，别说唱现实的，现榨的也能。我被他的“现榨”逗乐了。我建议他把“狗日的”那句换掉。题目别叫《空村计》，用那首流行歌的歌词:《为需要的人搭建天堂》。猴子连连点头，说 OK，OK。猴子会说 OK 了，真 OK！

临别时他掏扎韭菜塞给我，说施肥用的鸽子粪，鲜得眉毛往下掉呢。我只好收下。他又说，街上卖的施了化肥，你吃它，它吃你!

发现芦雀，在公园。它比麻雀小，颜色深。几只花雀飞过来，不知是欢迎它还是欺侮它。我急忙掏饼干喂它们，却把它们吓溜了。

初见芦雀是在江心洲采风，四十多年前，我跟着割芦苇的民工去的。那时的江心洲还是芦苇的世界。最先看到的就是芦雀，成群结队，飞在低处像浓烟，飞到高处如彩云。晚上它们乖极了，睡在芦丛里，缩成一团，像芦苇结出来的果子。民工拉我去捉，我不忍心。后来，我把它“捉”进小说，还飞在书的封面上呢。

多少年来，沿江的芦荡莽莽苍苍，百姓称为芦州城。如今到处是城，可惜不见芦州城。芦雀像难民，投奔公园?

公园是英国人首创的，初衷为了迎接神仙的光临。至于神仙光临了没有，不晓得。我们人在公园，倒能快活像神仙。你也来吧，亲爱的芦雀。

保洁员从我坐的石凳上拿走报纸杂志，将一只马甲袋递到我面前，说，送你一棵天麻，好东西。走出几步转身又说，哎，不是公园的，是我家里的，下次送芦荟……我连忙摇手，再三叮嘱，下次别送了。什么也不能送了。

我每天留给她的报刊能值几个钱呢？当然，我是挚诚的。她十点半下班，假如我还坐在石凳上，她会躲在不远不近的树下等我。最近还听见她口含吸管吸饮料的响声。原来，她舍得买酸奶了，倒是信了我的话。她总是慢慢吸，吸光还在吸，那滋溜溜的声音难听，大约也有提醒我回去吃饭的意思。我只好提前离开了。有时我读报正有兴味，厌烦她的滋溜溜。那天我居然故意多坐片刻。可是当我起立离开时，她是跑过来取报刊的，也许要赶紧回家做事吧。望着她慌忙的身影渐渐远去，又觉罪过了，还得尽量依凑她为好。

每当我把书报拿给她，假如旁边有人，她不是说把它带回去给老头子看看，就是说用它引炉子，总归不说拿它卖钱的，尽管十有八九去卖钱。卖钱有何不可呢？不过在别人眼里，卖钱似乎没面子。弱者也有自尊的，甚至更要有自尊。

英国哲学家西蒙·克利切利说：“一旦想起我们所爱之人的死，愉快与平和如何成为可能，是世上最难的哲学问题。”我想，在一个物欲滔滔享乐至上的当下，一旦过上清贫的日子，快乐与自尊如何成为可能，也许是世上次难的哲学问题。

回到家中，我把天麻栽进阳台花盆里。虽然晓得天麻是药材，但不知其药性，打开《本草图解》一看，天麻镇痛、解毒、安神、免疫……几乎十项全能。它还有个别名——定风草。我就叫它定风草。我赶紧把它端到芝麻旁边。芝麻若有别名，该叫节节高。让它们成为我的旗帜。

每天晚上，我去附近的绿岛转转。城区已成不夜城了，夜像逃难似的躲进那块绿岛，只剩残魂断魄，依偎在树木怀里，幽暗而宁静。

绿岛有树三十六，大树七棵，最大的是泡桐，大约五层楼高了。

每次我总要走到泡桐树下定神，我欢喜泡桐，何况它劫后重生呢。

比起小河边上被谋杀的泡桐（其根上端被剐去一圈树皮而死。我为此写过一篇诔文），这棵泡桐是在光天化日之下被砍的，同样因为枝叶挡了住户的阳光。砍的时候，我看见了。我想救救它，却迟了一拍，救不了了。心里头难受，从此不去绿岛了。偶尔从绿岛旁边经过，也不敢朝它看。过了一阵子，实在忍不住，朝它瞥一眼，发现它被砍了三分之一，华盖似的树冠没了，像根木桩，大概死了吧，那种慢慢的死吧。也许呻吟过，我们哪能听得见听得懂呢？即使听见了听懂了，又有什么办法呢？

传说，曹操在洛阳冒冒失失地砍了棵梨树，头痛欲裂。那砍泡桐树的，头也疼一疼吧。

没想到来年春天，它吐芽抽叶了。起初仅七片，嫩得令人心酸，一天比一天旺，像团碧火。我朝它仰望——读它的再生宣言，一遍又一遍。接着，叶子多了，叶柄渐渐伸长，成了枝条，枝条上又吐叶子。到了夏天，树像一把大绿伞。一年之后，那枝丫粗如手臂，直伸天空，全成了树头，九根。传说有一种不死的鸟叫九头鸟。它该称九头树了。

我站到树下朝它仰视。远处的灯光射向天空，再洒在树上，树如剪影。我有时痴痴地盯着某根树枝，一片叶子一片叶子地凝望，几乎是固定的枝叶，似乎在作某种观察，甚至还想看出它一天天成长的痕迹呢。当然，看不出来的。但总要看看，正好让自己静下来。静是我的功课了。

我羡慕它在夜色里的那份安详。但愿日子就像这些叶子，平平常常，安安稳稳。不知谁说过，除了日子，我们还有什么？然而，没有日子，我们能有什么？至于这日子是满的还是浅的，是滋润的还是枯燥的，则又当别论了。就像这些叶子，是大是小，是绿是黄，那也另当别论了。不过，叶子落了，坠地入泥，又会拐弯抹角地融汇树根，来年春风一唤，它又跃上枝头，似乎是个轮回。在佛家看来，人也有轮回的，那大约是对生命的一种解密和解脱吧。可惜日子不能轮回。

记得父亲去世后，母亲说，是怎样的日子，就怎样过吧。

又说，要给日子自己过哩。还说，要过出日子来。她倒是这样做的。衣服破了，打补丁讲究配色、针脚，像绣花。大种太阳花，用泥盆破罐，花开五颜六色，一地的锦……而今回味，所谓过出日子来，是要品出日子真滋味。即使是苦的，酸的，涩的，也能嚼得出些许甘甜，给日子以必要的尊严，我们才不失起码的体面吧。

人人想过好日子。可是，何为好呢？好的标准固然有普遍的，也不妨来点私人定制。好日子就是富日子么？富就是日进斗金、腰缠万贯么？那也不一定。老子曰，知足者富。法国的圣西门说，最大的财富是可供自由支配的时间。列宁为此点赞，还称之为“圣西门名言”。看来，各自认为好的日子，就是好日子。就像这些树木，它们好不容易长出来的叶子，哪片不是好叶子？

叶子茂密的时候，站在树下抬头望，叶子之间的罅隙恰似星星，那种梵高笔下旋转的星星。我有时从垂得最低的叶子下面走一走，估计它能碰到头，却还未碰到，过了几天，再从它下面走走，碰到了。于是，每天让它碰一碰，像被高僧摩顶。

这几天秋风紧了，虫声唧唧，它们喜欢独吟。蟋蟀、蛐蛐、织布娘娘，每天出场的时间不同，偶尔才重唱。都是秋声了，听得人心怅怅的。而树叶呢？竟被它们的歌声钻出了洞，越来越多、越大，每片叶子都有，各有各的不同，倒像我们的日子。

直到树叶落光，泡桐成了光秃秃的九头树，我不再看叶了，就在铺了落叶的地上走走。虽然白天总要去公园走的，不过，此刻走得自在呀。尽管地盘只有五六十个平方米，自在却有十万八千。而且，沙沙地响，也算“踏莎行”了。两侧常有车子经过，无所谓的。那车灯一闪一闪，追光似的，把我身影映在白墙上，不是微电影？更来劲，我时而踱，时而逛，时而连走带跑，即便在家里，也不宜如此疯哇。倒是一个人的广场舞了。我在心里念：

生平事，
天付与，
且婆娑。

老方说了两个段子。

甲说，人死后，到了“那边”，不晓得日子过得如何？乙笑道，“那边”日子肯定不丑，要不，到了“那边”的不都要回来？哎，有回来的么？

有个木匠，穷虽穷，乐呵呵的。他在老板家做活计，老板不厚道。闲聊时议论到钱，木匠一本正经地对老板说，钱够用跟不够用，差别大；钱够用了，多与少没多大差别。其实，你最终只比我多几千块钱。老板诧异，眼珠不转了。木匠见老板中“枪”，乐了。老板满脸疑云，盯着木匠，想听下文。木匠不想把“枪”拔出来，嘴角抖了抖，只露一丝不明不白的笑，却未吐出半个字，直到两三分钟之后才说，老板，最终呢，我用几百块钱的骨灰盒，你用几千块钱的！说罢哈哈一笑。“枪”一拔，老板“死”了。

老方说，第二个段子，真有此事。

泥团团又有故事了。这个泥团团！

一天清早，他发现院子地上有只小包，越看越疑惑，把它拾起来，褪去三层马甲袋，忽见最后一层里头透出一抹红，大吃一惊，是一沓百元钞票。他顿时晕了，以为在梦中，可抬头看看，大天八亮了，随即又朝四周溜一眼，把钱放回原处，盯着它望，哪来的？莫非是女儿显灵？晓得我正在为她还债？假如女儿能显灵，那一定是钱。可是，想来想去又觉得显灵不大靠谱。会不会是冥币呢？有人要触我霉头？赶紧打开最后一层马甲袋，用两指捻捻钞票的一只角，厚实，冥币薄，他买过的。看来，真是百元大钞了。它可是赃款？栽赃为什么找我？那不是挑软柿子下口？无冤无仇的，良心何在呀？他左思右想，不敢收下这笔钱，不明不白的钱。他从未见过这么多钱，打算数数是多少，这念头也打消了，打消好几次才彻底打消的。最终，把它交给派出所，放在家里像炸弹似的。

消息一传开，邻居来探问，泥团团头闹大了。王老推测，说不定是那个把你女儿撞伤的家伙，听说你女儿死了，良心发现，给你一笔钱呢？泥团团心头一震，他不曾想到也有这种可能。有人说，果真如此，公安局破案倒多了个线索。有人说，一旦破案，那家伙要坐大牢，塞钱有屁用。

泥团团心乱了，把自己关在家里，大门被敲得像擂鼓也不曾去开。他定下神来，朝墙上的女儿照片看看，女儿总归看着他，只是没什么特别的表情。接着他关紧门窗，用黄板纸把漏风的窗玻璃堵住，然后给女儿敬三炷香，一眼不眨地观察香头灰的形状，其中似有暗示和征兆的，他每遇困惑，总会这样做的。

听说第二天，泥团团找派出所所长，壮着胆子说，那钱的事别查了，钱是我亲眷给我的……所长一愣，笑了笑，问，哪个亲眷？泥团团回答，我表弟。所长忽然嚷道，叫你表弟来！泥团团眼皮耷了，不作声了。所长又说，法律不能和稀泥。撞伤你女儿的人还没捉到，这钱也许是线索。说着拍了拍桌子，再三叮嘱，你要配合。泥团团头一闷，像堆烂泥了。

阳台花盆里的那棵芝麻熟了，收割了，一晒，芝麻籽籽爆出来，漆黑的。即使落在花架上、地上，我和建平也要一粒一粒地拾起来。我说，什么时候用它摊个饼，比吃什么都有意思。建平说，留几粒作种子，明年再种吧。我却说，不必刻意留种了，肯定有芝麻落在四周花盆里，让它自然而然地长出来才算缘分。

芝麻旁边的定风草，冒出两片芽了。

徐老师打开手机，让我听她朗诵的录音。我以为是哪篇名家名作呢，没想到是《秋江》——我《忘忧草》里的一篇散文。《秋江》其文平平，秋江却是我钟情的，年年去看的，两年未去了，正好乘着徐老师的声音神游了。

徐老师笑道，她最欣赏其中一句："那盘旋空中的水鸟，不时俯冲江面，好像硬要充当一个标点符号，给滔滔不绝的长句断句，却始终找不到合适的地方。"47 个字，她居然记住了，我心里一热。散文今后还会写，更要用心写，但愿每篇都有她喜欢的句子。

更难得的是，她直言《世纪黄昏》的不足，且多说在点子上。

家人的呵护，亲友的关心，那大体是暖，而徐老师常会给我一道光。我感应光，也要闪出光来才好。

交往贵在纯真，特别是男女之间的。我虽然老了，毕竟是男人，还没活到八十岁——那个被戏称男女不分的年龄。看来，我该提纯了，不断提纯。倘生什么杂念，哪怕是一丝丝的杂念，那就俗了。俗事做得还少吗？那就做件脱俗的，绝俗的，只有这样，才对得起由文学和苦困结下的缘分，才能闪出一点光来，彼此照亮。

建平对不幸的人更同情了。她今朝又遇到一个——玉玉。

玉玉的女儿嫁了富户，每年头二百万的进账。可自从觉察丈夫花心，抑郁了。去年，她妯娌生了双胞胎男孩，神气得眉毛眼睛都能说话。而她生的是女孩，家庭地位又一落千丈。每逢全家大团聚，个个围着双胞胎转，她只好去洗锅碗。有一天，客厅的欢声笑语实在刺耳，她心火直冒，拿起一只碗来朝地上一摔，“乒！”随即又害怕。没想到客厅的嬉笑只停了一秒，忽听有人说，像放鞭炮哩！又有人嚷道，岁岁（碎碎）平安哦！接着哈哈大笑。她气呆了。

玉玉是个好面子的人，找不到合适的人倾诉，看见建平，眼睛一亮。她俩原来就热络，又晓得建平在一场劫难中没垮，像看见英雄似的，拉住建平在路边诉苦。

建平说要关心玉玉（这是她关心的第三位“痛友”了），还要我支招。我对挣脱抑郁倒是有点体会的，于是建议建平多听玉玉说说，“话疗”蛮有用。“话”字里头有个“舌”，而“活”字里头不也有个“舌”么？另外，建议玉玉的女儿别窝在家里休息，快上班，她不是小学老师？每个孩子都是她的“医生”啊！

尽管我一再开导路路，你的重心要从关爱米米转移到关爱自己。可是，谈何容易？

她把钢琴的琴罩洗得干干净净，上面放满米米的照片，还经常更换，像办展览。整理米米过去的作业本，发现未用的，就给我和建平，像发奖品。吃饭时常跟米米视频。有一回在视频中发现她俩的菜盆里都是带鱼，乐得像中彩似的。双休日常去上海，清晨出发，十点钟到达，同舍的孩子一齐从床上探出身子，睁开惺忪睡眼，喊：阿姨早！米米是舍长，她协助整理宿舍，成了舍妈。昨天舍妈回到家，称称体重，减了一斤二两。

她陷入惯性了。凡事都有度，亲情也会有度的，适可而止吧。除了“公转”，也要“自转”。自己才是一切的起点。自己才是自己的神。诚然，我们应该爱人——亲人、友人，甚至包括各种各样的人，但不能从属于任何人，包括至亲至爱的人。

我也陷入惯性了。

比如我对平安的重视和警觉，显然过分了。出事前，路路刚拿到汽车驾照，出事后，哪有心思买车呢？最近，她动了买车的念头。我却婉言相劝：暂缓——其实不希望她买，驾车有风险。尽管我明白，凡事都有风险的，但就是不放心她驾汽车。宁愿掏出买汽车的钱，让她存银行。

即使骑摩托，我也担心。每当她出门总要叮嘱：慢慢点。昨天我忘了说，忽然想起，开门喊她。她快到二楼了，以为有什么东西遗漏，或者有何要事提醒，随即抬头应了一声，没想到我说的却是她听滥了的那三个字：慢慢点。倒是“声声慢”了！

总而言之，我对路路那种近乎舐犊的呵护，恐怕也过分了，她毕竟不是犊，而被“舐”多了，也许只像犊了。

建平的养生之道也过分了吧。厨房里的瓶瓶罐罐装满五颜六色的药材，看上去也像药房了。药膳固然好，但一旦变成膳药，味蕾受伤，胃口打折，哪有什么好呢？

我们都有灾难后遗症。

老方跟我说过一句话：其实，钱真正多了，也没什么意思，倒是有点钱的那种感觉顶有意思。这是他亲戚中的富人吐露的肺腑之言。

仔细想想，也许有道理。钱多了，对钱的感觉会寡淡；钱太少呢，生计窘迫，自尊难保，日子当然不好过；倒是“有点钱”的钱在心里是暖暖的，又不发烫，更不会麻木。我的钱显然不多，但比起贫困的不算少，大体也是所谓“有点钱”的角色，对钱的感觉倒是顶有意思的了？

昨天，我领到两千块奖金，本想如数给建平，可转念一想，拿下一千块作私房钱吧，反正建平不晓得奖金数额。于是趁她去厨房，从信封里抽出十张，赶紧朝我房间的抽屉里一塞，随即忽觉抽得慌忙，抽出的可是十张？打开抽屉再数，十一张，又数，还是十一张。麻烦了，信封里剩下的只有九百了。不能让建平以为奖金是九百呀，哪有九百的？我只好硬着头皮，看准机会，又把一张塞进那信封，唉，做贼似的。

这大概也算“有意思”吧，方大师？

筛其又请我们吃汤包，是汤包加酒席的盛宴。每年一次，五对夫妇出席，也算朋友中的峰会了。

筛其在友人中未必最有钱，却豪爽。大家吃得也热嘈。各人居然还记得去年的峰会中吃了几只汤包，即使自己忘了，别人记得，因为互相比过呢。而每年只能增多，不能减少，否则似乎对不起主人的热心和相聚的缘分，同时还表明衰老了吧。岂能服老呢？于是，把什么血脂、血糖、血压的毛病通通丢下，“将进酒，杯莫停”，且享口福。大吃又大说，说得最来劲，那交往几十年的刻骨铭心的细节，百说不厌，百听不厌。

筛其今朝声明，他想再办十次酒宴呢，也就是再办十年了。话音刚落，在座的不约而同地互相瞟了一眼，暗中给对方和自己的年龄做了一道加十的算术，随即就笑，可笑得不大亮堂，谁能笃笃定定地出席未来的十届峰会？心里当然指望的，于是把酒杯放在桌面上敲得当当响，像鼓掌，像祝福。

心理学上有个墨菲定律——怕什么，往往来什么。我想，它也许有逆定律吧，假如没有，那就创造一个——期望什么，来什么。

泡桐又有传奇了，比那棵“九头树”更传奇。

它最初从河边冒出来，我并不在意，后来长高了，发觉它位于我的卧室窗外，而且，正好在两棵广玉兰中间。那个空当缺棵树，它就不左不右地长在那里。更令我讶异的是，有一天，我发现它不是长在小河护栏外的泥地上，它的根扎入河的内壁——用水泥驳砌的石缝中，根与树干呈J形，像玩杂技了。

不知当初那种子如何落于石缝的？不可能有人把它塞进去吧？那石缝不会缺水，河不脱水，但是，泥呢？石缝里哪有许多泥呢？而它居然长得霍霍的。

也许，它是“九头树”的种子，它们相距三四十米。只有“九头树”才有如此超凡生命力。只有因缘才会使它长在我的窗外，跟我的书桌平行。

每天清晨，我开窗第一眼就朝它看看。有风无风，风大风小，就看它的表情了。鸟们从它上头一掠而过，还不把它放眼里，它还小哩。

有一个民族（好像是苗族），人出生之后要栽棵树与之相伴，称作对应树。如果让我挑棵对应树，那就是这棵泡桐。我要望着它成长。假如能对应它的成长，那更好了。

雨果说，“对于但丁、米开朗基罗那样的人来说，老就是成长”。看来，对于普通人而言，老未必是成长。但是我想，对于度苦度难的老人，必须成长。

路路告诉我，她现在可以整理那些老照片了，看到他的，也能反复端视，还喃喃自语。她说到这里，微微仰起头来，朝远处望了一眼，神情里透出一丝宽慰，又淌满哀伤。

她不会回忆他们曾经的龃龉吧？即使想到，也会渗出自省而绝不是怨怼。她也不会计较他个性中的欠缺吧？即使想起，更会念及他品格中的润泽与芬芳……诗人说“死了的人是美人”，倒是说对了。唉，我们为什么不能把活着的人当美人呢？

虽然，活得已经没多少生趣，但活着总归好的，甚至还想长寿，这不仅源于本能，还出于实用：活得长点，对家庭，特别是对女儿她们会多一份支撑。

然而，我对文学不曾死心，还想写长篇，写得比以往好一点。尽管早有积累，但真正写成，要花多少心血？一个月前，写了篇文学回忆录《自捡残花插净瓶》，就蛮吃力。过去，写长篇小说，特别是写《幸福花决心要在尘土里开》，真可谓奋不顾身，即使病了也歇不下来，字里行间大概会有药味的。那年我将满花甲，如今已近古稀，石火风灯了。我还有多少才能、体能？对于文学，恐怕只剩一点痴痴的爱吧。就像公园的南天竹，它比起天竹，结果逊色了，它只好让风霜染了染，渗出一点红，凝在叶尖尖，欲滴不滴，像果子，又不是果子，像血。

一本书，最后一本，也许重要，但是否太沉重呢？然而，所谓轻，也是生命之不可承受的。出事之初，虽然苦痛，却有许多难题逼你面对，等你破解，由此便有一种莫名的充实，而掩护米米高考过关后，感觉空落落了。

米米进了大学，状态蛮好。设计考了全班第一，英语第三，而且常打工，为未来就业热身。用不着为她操心，也操不到心。她像脱了线的鸟飞了。我们手里依然捏住的长线突然失重，轻了，虚了，那种空虚也不安。张仲景毕竟是医圣，他发现有一种病

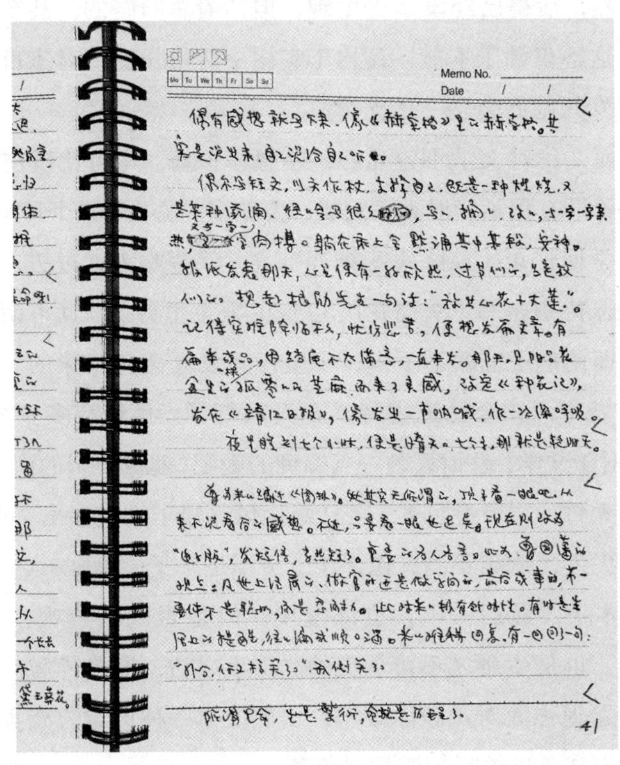

“一字一字地救出自己”

症叫虚烦。我大概虚烦了，肯定虚烦了，几天听不到她的信息会烦躁。常在手机上拟短信，看看却删了，我摊不出什么“饼”了，让她感到可口的“饼”，何苦唠叨？而即使发短信给她，回复往往两个字：知道。很少三个字：知道了。假如是“知道哒”，像看见她做鬼脸，不禁一喜呢，不过，太难得了。就连梦里相会，也难得。有一回梦见了，我居然吩咐路路，代我打一千块钱给她，奖励她入梦似的。建平笑我痴了。看来，生活还是充实好，那就写作吧，何况，除了作品，最终属于我的还有什么？

即使不宜写大的，那就写小的，总归要写。“写写就会高兴呢”，帕慕克说的。

爱心托老院，有时遇难题，我也去出出点子。搞活动，尽量参加，还写篇小文，让社会增进对老人的理解和关切，也算向秀璋学习，做善事。

爱心托老院

爱心托老院，常在心上做功课，举办心灵茶吧，每周一次。偶尔约我去，我倒是逢约必去的。

那里入住二百多位老人。个个都像船，在各自的江河，按命运的罗盘，航行几十年，如今，不约而同地驶进同一港湾。无论过去是大船、小船还是舢板，现在成了空船、破船、搁浅的船了。有的在几年甚至只有几个月后，就从这个港湾漂向彼岸去了。

老人们喜欢心灵茶吧。有的走着去，那种自由自在的走，在别处一点不稀奇，在这里却显得神气，不亚于运动员步入赛场的景致。有的撑拐杖，拐杖多种多样。有的用轮椅，轮椅各不相同。还有坐在轮椅上被护工推着去的。

有的坐下来就在口袋里摸来摸去，掏出一粒糖，或者几只小橘子，塞给邻座的。“排排坐，吃果果”，兄弟姐妹似的。

两位奶奶说牙齿。胖的说，我还有三颗哩。瘦的咕哝，我只有两颗，随即盯着胖的下巴看，似乎不信她有三颗。胖的只好张开嘴来让她看，说，三颗，比你多一颗。像比她多根金条似的。

朱院长主持心灵茶吧，一边给老人们端茶续水，一边鼓励大家讲讲说说，故事也好，琐事也好，叹叹苦也好，吹吹牛也好。于是，一个接一个说了，顶长的说了个把钟头。

有位奶奶叹息，那年“双抢”大忙，顾不到细丫头。细丫头把滚烫的粯子粥泼在颈脖上，留下一道疤。后来，细丫头长成大丫头，看到别人戴项链就眼热。不是买不起喔。几十年了，我做妈妈的想到就难过。

那位九十岁的朱奶奶，她说记性糟，可讲起她在旧社会跑单帮（近乎如今跑供销），却头头是道。说得特别起劲的是，如何在旅途中逃票，车上，船上……听得老人们耳朵竖起来了。更让大家入神的是，她并不觉得惭愧，反而自豪。至于说到逃票的诀窍，她还晓得点到为止，生怕修炼的独门秘籍泄漏呢。

人人有故事。不管酸甜苦辣，一讲出来便成了金银铜铁，而且它既是个人的，又似乎是大家的。

一位坐轮椅的，在活动室外头，没人推他进去。他背心上印着“痴呆”二字。他神色漠然，手推轮椅朝活动室缓缓滚动，每次不足半米，最后停下来，不再推了，头却偏向活动室，像停摆的时钟指针固定在一个位置。

有的老人听听就睡着了，护工轻手轻脚地把他推回房间。

有时玩游戏—— 抛圈圈，套水果、酸奶之类的好东东。个个兴抖抖，仿佛回到童年。有的久套不中，索性跨过去把圈圈直截了当地朝好东东上一套。一个个笑倒。

朱院长的结束语，说得热乎乎 :“活到九十九”——这句祝福的话，长一声短一声，歌唱似的。那种真挚、热忱，甚至还有一点点淘气，好像寿命可以下指标，由各自认领的。个个乐淘淘。

心灵茶吧，我要常去听，既是采访和报道，同时，看看他们，也等于看到另一个自己。

老方在圈子里火了，脾气也大了。那天大门面练功，来了个朋友，他没练完就去跟朋友说话。老方怨他没出息。保洁员跟老方学八段锦，才学了个“三脚猫”，竟去教人，还收人家的好处，被老方骂得抬不起头来。

今朝我们差点儿红脸。他练苏东坡的晃海，说苏东坡到过靖江，他从《苏东坡传》上看到的。其实是美丽的误会。《苏东坡传》由英文转译中文，把镇江误译为靖江，细读可以推断的。

我们多么希望苏东坡到过靖江啊，然而，史迹岂容一厢情愿呢？当时，我怕谬种流传，刚说出一句，老方脸拉长了。我赶紧闭嘴，四周人多，争起来多难看啊。我们不约而同地说了句淡话，避之不谈了，往后私下里谈吧。

同学请米米喝咖啡，米米感触多多。

她说咖啡馆何尝不是教室？那杯咖啡好“动漫”，咖啡杯上插了一团棉花糖，袅袅热气蒸得棉花糖慢慢地融，化成细细的水珠，往杯里悠悠地滴，它叫“甜心雨”。

邻座的女士超漂亮，看看她的打扮就蛮有心得。而另一位女士像假小子，有点落寞，也许在等相亲的，也许，相过亲了，被冷在那里，借“甜心雨”甜心吧。

即使看上去像个普普通通的大嫂，开口竟是流利的英语。

米米感叹，上海真是个海呀。

我说，上海是海，你是小小的鱼，你会长大，会游出你的姿势的。

上海的“上”字，如果读第二声——“上”，就是一句靖江方言，强大的意思。

上海就是“上”海啊。米米，你也要“上”啊。

看来，我跟徐老师交往，除了增强理性，减少见面的次数，控制距离，也有利于所谓提纯的。假如期望交往的持久与美好，需要提纯了。

我与徐老师，应该像帕斯捷尔纳克与阿莉娅。帕斯捷尔纳克是文学巨匠，我只能高山仰止，但在与文学晚辈的交往方面，却有可能接近他的纯良的。

哎，能不能放弃一次与徐老师相聚？主动放弃？借口不难找。假如下次她去图书馆，约我一晤，婉拒吧，试一试。要害不在减少一次约会，而是看看我能否“控制距离”。

我等待她的短信。分明是盼望了，跃跃欲试呢。可两个礼拜过去，没她的短信。其实，我们约会并不多，我又怀疑我的“试一试”可有必要了，总算没动摇。

今朝，她终于发来短信：“老师好！我明天上午九点去图书馆还书，经过公园。”

我盯着那二十个字看了三遍，断然回复：“徐老师好！可惜我病了，不能去公园。”

“哟，病啦？不要紧吧？”

“失眠严重，不要紧的。”

“老师好好休息，早日康复！”

我长长地吁了口气，像办成一件大事难事。可过了一会儿，忽觉对不起徐老师，我不是骗她？她却信了。她能不信么？唉，也算善良的谎言吧。

片刻，她又发来短信：“据说，胡适睡前念《秋兴八首》，有利入睡。我有个同事，睡前诵《心经》，也能助眠。老师不妨试试。”

我连忙回短信：“谢谢！谢谢！”

大约过了两小时，她发来一幅摄影，水池的睡莲，不无油画效果，构图更妙了，两朵睡莲各在画面一端，一红一白。显然，睡莲表达对我安眠的祝愿，那两朵睡莲的遥遥相对，似有“相看两不厌”的意味了，而倘无适当的距离，“相看”难以“不厌”的。哎呀，她摄影的构思跟我谎称生病的苦心，竟然暗合呢。她有第六感觉么？

路路回家，我们总要回顾两年来掩护米米闯关的经历，提升庆幸感、成就感。我们点亮一盏灯，那就让它照耀我们的心灵，尽快把阴云驱散吧。我讲起来往往慷慨激昂，路路常常听得潸然泪下，而每次擦干眼泪，她把纸巾慢慢揉，边听边揉，揉得圆圆的，放在桌面角落上。

我提及再婚，已经不是一次两次了，尽管，二次婚姻大多惨淡。有个熟人，再婚之后像保姆，每天早上，丈夫吃的鸡蛋还得替他剥好，万一蛋黄煮老了——不是那种果冻似的，他就不吃了。然而，也有成正果的。不能放弃再婚的念头。当然，也不宜勉强，甚至，绝不能勉强。

路路只是听，不作声。我只好说说。也许，她会顾虑，再婚也有可能使米米疏远了她们的母女感情？

唉，婚姻的事情，真是说不清道不尽呵。

婚姻的部首都有一个“女”，大概是古代女性对婚姻特别重视的暗示吧。古人的婚姻必经六个步骤：纳采、问名、纳吉、纳征、请期和迎亲。其本质无非是男方以巨大的代价与周密的程序向女方传导郑重与诚意吧。

即使到了现代，妻子对丈夫的依靠也还相当普遍。所以才有把女性结婚比作二次“投胎”的说法。当下，三次“投胎”的也不鲜见。

至于那个婚，其中为何有个“昏”呢？汉字会有隐喻的。是古人对双方特别是女方“投胎”昏蒙的某种预警么？

如果夫妻结成同心圆，当然美好，若是内切圆，也不错了，外切圆呢？还可以吧。假如既不“同”，又不“切”，那就“悲摧”了。

今朝又去托老院，听秀璋讲了个段子，我写小文《老两口》。人啊，不到老年，难以真正理解老人的。

老两口

那老两口是丧偶的老两口，一个，老太婆走了；一个，老头子走了。尽管托老院像大家庭，日子过得暖融融，但他们心底里总归有一块凉的。这老两口几乎天天见，讲讲说说。每逢有活动，他俩到得特别早，趁机定心定意说说话，问问身体怎样，子女可曾来，带了什么好东西。有时还把好东西——小橘子、巧克力，藏在口袋里，看准机会朝对方手里一塞。

然而，他们很难独处一室。房间三四个人，即使有时没其他人了，他们顶多说句贴心话，身子靠得太近也不敢。万一被人看见，难为情，七老八十了，不该“花心”的。可是，跟对方亲近甚至亲热的念头，一旦发芽，就会霍霍地往上蹿的。

那个写《百年孤独》的马尔克斯，也蛮洞悉老人的孤独，他说：“爱情像天花一样，年龄越大，反应越强烈。”那老两口相爱了，真的强烈了。

终于，有一天，他们当中不知哪一位看中了电梯。它虽然是个冷冰冰的铁匣子，倒是幽会的好地方。如果两人同时进去，电梯又是空的，电梯门一关，只剩他俩了，与世隔绝了。于是，那天他俩看准机会，一同钻进电梯。也许，经过周密筹划，也许，只是当场的灵机一动，相当默契。进了电梯，不知他们说了什么，也可能什么都没说，赶紧抱在一起了。

当然，他们不会不晓得，电梯上下，一层一层，飞快。不过不晓得它太快了，似乎比往常快，恐怕刚抱成——那抱的愿望纵然热切，动作不会熟络，配合未必入调，等到他们七不离八地抱成一团，电梯已过两三层，停了，停了也没感觉。门一开，站在外面等电梯的吓呆了。

这一幕成了托老院的新闻。朱院长开明，说也算“夕阳红”哩。

西风烈，公园里落叶成阵，五颜六色，地面如锦绣了。水杉叶子细，似雪纷纷，那才是怒放啊。杨树叶子飘成了蝴蝶。银杏叶正黄，骨子里头还有一丝绿，如同玉珮，被风摇得叮当响。灌木浑身沾满了落叶，扮成刺猬。草们把落叶当彩旗举过头顶，大片大片，像浩浩荡荡地赶赴什么化装舞会。

香橼果子熟了，香了，它的香味是从内囊的苦涩中挣扎出来的，更真实，也真挚，特别耐闻。它也开始落了。

去年，《香橼》被《靖江日报》拍成微电影，还得了亚洲“金海棠奖”，我以为跟香橼有缘了，每次经过树下，总要站下来朝它仰望，接着拍拍手，摊开双掌，期待它应声落下一只。可是至今还不曾看到它落，更别说落我手里。看来，我们的缘还浅哩。好在香橼的橼是木字旁的，是不断生长的缘，还要等待，那就等待，也许，等待本身就是缘呢。

盲奶奶走进一条弄子，一边移步，一边用明杖敲敲弄子两侧的墙根。由于弄子笔直的，平坦的，又没行人，她越走越快，似乎上了“高速”。到了弄子南头，明杖敲到一只落地的香橼，她站住了，又左敲右敲，也许测出是香橼，还抬头望望，尽管望不见，却晓得身旁就是香橼树吧。接着，她用明杖拨着香橼朝前滚，滚，像玩曲棍球，越拨越快，大有打球入网的架势。我在后头看，她忽然不拨了。可会把它拾起来？她不曾拾，敲着明杖走了，“笃，笃……”

一只香橼从树上掉了，“笃”！

没想到米米会玩扑克。我不玩扑克。她说，外公，要学会玩哩。你写给我的《周报》里不是有席勒的话：“不会玩的人不算真正的人。”我不禁一喜，《周报》她是认真看过的。可我不想玩扑克。她总算说动了建平和路路在客厅玩了起来。

我在房间看书。她们不时发出的笑声是抑制的，怕惊动我。我忽觉把笑声憋住太罪过了，于是对她们说，要笑就放声笑吧。顷刻，笑声爽朗了。两年来，我们不是没有笑，但有多少霞光四射的笑、花枝乱颤的笑呢？格格，呵呵，哈哈，三代人的三重奏呢！

我再也坐不住了，去客厅看看。米米眼睛一亮，起身做了个请坐的姿势，我就坐下来跟她们一起玩了。我忽然想起“钓金龟”，跟公园里的猴子学的，打算教她们。建平却说，《钓金龟》不是一出京剧？说着，头一昂哼起来了：“老天爷睁开了三分眼……”那唱腔回肠荡气，是从重重乌云里看到阳光的感叹，我们跟着哼。后来，打牌还来钱。米米说，玩牌不来钱，像汤里没放盐。我不禁笑道，你怎么像个赌棍似的？我们玩不过她，她越赢我们越开心。可她离开时，钱包丢在座位上。我和建平笑了，说最终还是我们赢呢。

第二天我把钱包塞给她，趁机给她上课——不能丢三落四啊。

她做了个鬼脸，接着说到玩扑克，还冒出一个英语单词GAME——游戏，这个在我意识里蒙了灰尘的词，被她擦了又擦。她甚至还说，作为现代人，更要学会游戏呀。唉，最终还是她给我上课。她给我上课有何不好？求之不得啊。她长大了。看来，我们以往对她的教诲并非徒劳，只不过她未流露出唯命是从的恭敬罢了。然而，又不能高估我们的苦心和作为，更重要的还是她自己在灾难中经受的风吹雨打，那种颤抖、倾斜和挺立，这便是成长了，尽管是默然的，缓慢的，却总会在某种场合的某个瞬间，开出一朵花来让我们惊艳。

忽然觉得，她今朝给我们摊“饼”了，五十四张“饼”哩！

我喜欢张枣，不仅因为他善于在困境中苦熬，每天“去偷一个惊叹号”，还因他的两句诗，我常常默念：

只要想起一生中后悔的事，
梅花便落满了南山。

昨天读他的文章，又格外动心。他说：“我们应该用文字把自己藏起来，最终活成一个传说。”他倒是这样做的，弥留之际还吟诗：

鹤？是在叫我？我可不是

鹤呢。我只是喝点白开水，

天地岂知凉热。

他倒是“咏而归”了。

米米，你说得不错，要学会玩。一个人也能玩呢。

李丹送我一只感应灯，碟子那么大，放在床头柜，夜里起身它会亮的。今朝晚饭后，我用手机听音乐，特地把它放在感应灯旁边。不开台灯。当乐声高亢，感应灯一亮，乐声婉转低回，它就熄，随着乐声起伏，它忽明忽灭，明亮时像月牙，那种上弦月，一闪一闪，翩翩的上弦月。不知何曲？手机的乐曲是随机滚动播出的，我开手机看曲名：《云踪》。绝配啊，云和月。那乐声悠扬明丽，彩云吧，彩云追月。哈！

今朝去公园，经过曲桥，看见捞树叶的于师傅推着绿桶迈向紫薇广场。广场上四五个人围着一位坐轮椅的。不知发生了什么，于师傅朝那块探头探脑。我也想去看看，忽然发现那人堆里有人叼着烟，迟疑了，可定睛细看，烟头未点着，就去了。这时候轮椅四周的人越来越多。我轧进去一望，大吃一惊，轮椅上坐的是老方。

他好久不曾去公园了，以为他在重庆照顾孙子呢，万万没想到，他中风了。他还会中风？中风前夕不会没征兆，他太大意了，没及时找医生吧？

他居然谈笑风生。轮椅在他手下转得忽快忽慢，忽左忽右，表演似的。我身边有人悄声咕哝，他可是搞怪闹笑？有人说，不像呀。我看也不像。这时他头一抬，瞟见我，竟然笑道，老潘，你不是弄了个节目叫《返老还童》？我不是返老还童了？哈哈，我坐童车哩……只见那笑容并不勉强，嘴角却多了两道括号了。

我顿时无话可说，大概挤出一丝笑，不是傻笑就是苦笑吧。

人生无常，无常即常啊。

史爱梅托人送来一本《求证寂静》，朱旭的书法作品集，陈国祥主编。朱旭走了，只有四十九岁。

我跟朱旭最初的相见，应是几十年前吧，在生祠老家。我每天去河边拎水，经过他家屋后的院子，常常看见他，那时他还是稚童。我见他的最后一面，是去年在西郊公园的书展上。他行色匆匆，不曾有机会交谈。

我们总算长谈过一次。那年春节，在他家里，还欣赏了他的书法作品，挂在墙上的，层层叠叠。我像走进茂密的树林，馥郁的墨香沁人心腑。印象最深的是他抄写的《地藏经》，两万字，十五米长。他习书又图修心的。

他关心米米，约她谈过话。米米听了入耳入心，这大概不仅因为他是校长吧。

我把《求证寂静》托在手里。它版型长长的，一如他的身材。

我不敢打开来看，却忍不住翻到扉页，望望他的照片，白衣胜雪。随即便轻轻合上，呆了片刻，把它缓缓举过头顶，放入书柜。过几天品赏吧，最好上午，下午不宜，晚上更不能了。

“求证寂静”，亦可理解为求证生命吧？因为生命最终归于寂静。而他生命曾经的律动与悲欣，无不渗入那浓浓淡淡的墨韵之中。

即使人生二百年，比起离世之后的寂静，那种地老天荒的寂静，总是短短一瞬吧。生命，需要以某种方式求证。

那天去泰州参加活动，陈克勤朝我看看，说我养好了，脸上还有红晕呢。我记不得什么年代（包括年轻的时候），脸上有过红晕。最初我还觉得红晕可疑呢，因为某些病症也泛红晕的。看来，不是的，红晕是健康的证明。

《圣经》有句话叫“饥饿的人有福了”，大概指温饱就是福了。受困的有福吗？看来，受困的能够得救便是福了。

其实，祸福也是相通的，也能转换的，所以才有因祸得福一说。不过仔细想来，所谓因祸得福，大多像塞翁失马，富有偶然性，戏剧性。还有一种因祸得福是日常化的，渐变的，必经修炼自我，才能最终实现，而由此获得的福，更加光亮久远吧。

最近，央视新增一档节目，访谈在困境中挣扎过的人（大多是残疾人），展现他们如何摆脱消沉，学会谋生，赢得自尊，并且还助人为乐。今朝播出一位乡村女教师，走路靠拐棍，又患髋骨坏死，冬天穿三条羽绒裤，还得在腰间捆条暖带，遇到插座要把插头插进去通电取暖。她居然把一个失去父母的孩子和一个留守的孩子带在身边照顾，像母亲一样。那种苦人帮苦人的善，特别感人。我看得泪水涟涟。我还欣赏节目的标题——“向幸福出发”，让苦难和幸福联结，彰显幸福的某种内存。我甚至想起“诺奖”得主凯尔泰斯·伊姆莱对那些“排除了痛苦的”幸福者的嘲讽：“可怜的不幸者。”

向幸福出发！

夕阳被乌云紧紧包围，勉强拽出一缕红霞，像金灿灿的逗号。就在我欣赏的同时，路路来短信，三个字：看夕阳。

朱娟娟送来一幅书法作品《清静经》，我们全家诵读。路路看了又看，还打算临摹。

尤其令我欣然的是，路路也写手记了。她说手记就像另一个自己，多了个自己。写到忧伤的，会在书写过程中减轻几分；写到欣喜的，能在书写时增添几成。

我写老人写出瘾来了，写到满意处，搁下笔来拍拍手，那似乎是日子有了响声。写他们也像写自己哦。

清　唱

我在托老院旁边的小花园，看见一位八十多岁的老爷爷，坐在轮椅上唱戏。他没团队，没乐队，连伴奏带也没有。他把一只蚕豆大的耳麦架在嘴角，让唱声稍微放大，只图自己听听而已。

唱的是锡剧《珍珠塔》，虽然音色苍哑，气息薄了，倒蛮有味道。我能听清的只有两句："不容人者人不容，不尊人者人不尊。"假如唱走了板，他就重唱，直到完全唱在板眼上。假如重唱几次还不入调，便摇摇头，还有点不好意思。特别是那三声笑——哈哈哈，练了又练，非要笑出一点亮堂来，他才肯歇。一旦唱得意了，做手势，眼随手转，会隐隐闪出一丝光来。

阳光从云缝穿过，淌在他脸上的皱纹里，涂了油彩似的。

游客从他周围走。他旁若无人，望着对面的银杏树唱，像说自己的身世。

那排银杏树又高又大，叶子掉光了，只剩下赤条条的树干和枝丫，枝丫粗细不一，姿势几乎一致——以四五十度的角度伸向天空，那阵势像一齐举起手臂，正想为他喝彩的样子。

不时飞来几只鸟，一边唧唧叫，一边在树上跳上跳下，没觅到什么，也许衔了他的一字半韵，呼的一声飞走了。

偶尔，树上会有银杏落下来。尽管节令将近大寒，看上去没银杏了，可还有往下落，风一大，接二连三地落。此刻的银杏细，却硬些了，落在砖面会有声的，而且常常应着他的唱腔，像打了一记板鼓："笃！"

可惜，他听不见，只顾唱。

看到介绍一位作家的话：一线作家。那意思无非指走在前列的、有成就的作家吧。

我不禁自问，我算几线作家呢？我三线四线也算不上了。假如一定要上线，算个底线作家吧。因为我生命临近那个底了，偏偏还贪写，而就写作的能量而言，也到底了，岂不是底线作家？底线写作？

老实说，年轻时写作图名利的，特别是名（其实是一点虚荣），利不图，也图不到什么利。底线写作就不顾名利了。底线写作大多为了救自己。所谓“一字一字地救出自己”。当年，邻居徐继和，“右派”，下地狱了，比底还底，他正是通过写小说来超度生命的。我十九岁写《幸运》，以他作榜样，也为救自己。如此想来，写作五十年，兜了个圈子，回到起点，倒称得上首尾呼应了。

人之将“底”，其言也真。底线写作更像李渔的妙喻：候虫宵犬，有触即鸣。也像挑担吃力了，喊几声“杭育杭育”吧。近乎本能，岂能不真呢？

我要努力哦！珍惜底，写好底，写到底。

荷花厅避雨。四周的荷塘无荷可看了，看雨。雨是刚丢点的那种雨，试探似的，羞答答的，滴在水面，化成一个个圆圈来，跟用圆规画出来的一样圆，可圆规无论如何画不出它曼妙的神韵。我看呆了。

雨来之于水，又归于水，可谓圆满。

路路替我们洗被子洗衣裳，打扫房间，就连电视调控板上一颗颗小按钮也擦得清清爽爽，忙成一阵风，肯定吃力。唉，她也许觉得，在物质上孝敬我们的能力不大，于是尽心为我们多做家务？可她身体也亏下来了。

晚饭后，她坐到我房间叹叹苦，全是小事，根子又多通到那件大事上。他走了，留下的不是“零”，而是个“负数”，我们遇到的许多事情都得跟这个“负数”做一道加减乘除。

我宽慰她，最艰难的日子——掩护米米闯关的日子过去了，你尽心了。大家都尽心了。不过你是妈妈，心苦又辛苦。你原本软弱，现在坚韧多了。有些哀伤你不说，宁可憋在心里，怕我们难受。我不明白？你熬过来了，你了不起！你老爸称你了不起你就了不起……我说得斩钉截铁，还慷慨激昂，好像跟谁辩论似的。

路路哭了。

我说，你女儿进了大学，状态蛮好，应该欣慰。她是我们的明天。她是雨后彩虹。

然而，劫波未尽，我说我们还在难中。即使创伤愈合，伤痕还在，每逢刮风下雨固然会疼，即使阳光灿烂也会疼的。前天，我参加婚宴——不能不去的婚宴，在那个为婚姻搭建的殿堂，当人们为姻缘作证，为爱情欢歌，我却泪眼婆娑。我又说，一位文坛新秀，请我为他的婚礼做证婚人，我欣然答应。可后来想起，按风俗，证婚人应由“全福”的人担任为好。我女婿猝亡，也属老年丧子，不算“全福”了。即使对方不介意，我岂能不自觉呢？最终我只好找个借口婉谢。

路路离开时，桌面又留下三只面纸团团，擦眼泪的。我拾起来，握在手里，还捏了捏，好像能把眼泪挤出来似的。

昨天下雪了。

年轻时特地赶往江边赏雪的豪兴没有了，只在家里看看。西阳台下的民居，不是平房就是小楼，高高低低，大大小小，被雪洒成一本本厚厚的书，那屋脊酷似书脊，似乎刚翻阅，信手一倒扣，还准备随时再翻的样子。

我把窗子开大点，但愿雪花飘进来，哪怕飘进一两片，陋室也成“雪堂”了。

今朝五点起身，去厨房时朝窗外扫了一眼，刹那愣了。夜雪初霁，天地明彻而朗阔。那淡青色的天幕上，月亮滚圆滚圆，难得的金黄，化了妆似的，跟茫茫白雪交相辉映，透出圣洁的光，仿佛天堂乍露一角了。再看近处那些“书”，又觉月如灯，好一幅挑灯夜读的景致。

滋养我们心灵的，不能没有美。“美是拯救世界的终极力量”，陀思妥耶夫斯基说的。为什么呢？是否过分抬举了美？我以为“终极力量”该是善吧。不过仔细想来，善也是美——美德，相通的。而且，善美二字的汉字构造相似，善字上半部就是美字的上半部——羊。仓颉造字没玄机？美是“可吃的”，善是美的下面加个“口”——吃可吃的。美像果实，善便成了获得果实的途径。陀氏的论断跟我们祖先的理念竟然契合呢。美啊！

徐老师也喜欢雪，否则，她小说里不会常下雪的。我记得一节。

清晨，两位同学在路口的车铺给自行车充气。男同学总归先到，充好气等女同学。那天下大雪，男同学依然等女同学，手指头捏着一枚硬币，不断地抚摸，同时不断地张望。当女同学赶到了，自行车的气充足了，正要掏钱，男同学照例将手一扬，那被他摸得热乎乎的硬币像片雪花似的飘在车铺盆里，“当！”

上五楼替路路收衣裳，她书桌上的笔记本没合上，溜了一眼，是她的手记。我不宜看的，却读了刚写的一节，蛮欢喜。她也学会从庸常中发现闪光，照亮自己了。我大致记得，写下来，当作我们的“合唱”吧。

小区旁的丁阿姨，一个人过日子，打三份工。苦虽苦，乐呵呵的。她休工到了家门口，自行车还没放稳，就朝河对岸的方奶奶张望。那河仅三四米宽。只要看到方奶奶，丁阿姨会跟她说说话：可曾吃早饭？可曾吃中饭？假如是九点多钟，便问，可曾吃上茶？下午三四点，问可曾吃晚茶……全是没话找话，那种闲话、淡话，不过，总会说出点风趣和笑声来。

今朝丁阿姨到了家门口，没见方奶奶，却听见河那边方奶奶的厨房里笃笃笃地响。于是大声问，方奶奶，你在斩什么啊？方奶奶拉长声音，说得有腔有调，我在斩肉哩，吃纯肉馄饨。你可来吃呀？丁阿姨扑哧一声笑道，拉倒吧，那声音哪是斩肉的？我听不出来？像斩猪草，说罢格格地笑。

我做了个梦，梦中与徐老师在一间屋里。我转身去开门，徐老师随后，我把手伸向门的拉手，忽觉门的拉手在另一侧，一愣，醒了。天色蒙蒙亮，是晓梦，仅几秒钟，像寓言，却不知"寓"的什么意思。

路路陪我去公园走走。

当年，公园园中园的北侧就是我家。那棵广玉兰还在，我们仰望。随后在"冬宫""夏宫"流连不已。我向她一一介绍石榴、香橼、合欢、八角金盘……像介绍朋友。她用手机拍照。一只鸟钻进火棘，觅食后起飞的景致被她拍到了，她捧着手机给我欣赏，笑得像花儿一样。

"黄雀得飞飞，飞飞摩苍天。"

我对她说，往后，生计窘迫的可能不大，心灵的安顿总归是必修的。你也把公园当作道场和教堂吧。这里无一不是悟境，无一不是无言的开示。你也做个"园士"吧。

即使我走了，这些树还在，你看看它们，也像看见我了。你苦闷了，寂寞了，就来看看树。所谓“叶叶如心”，你要相信。你在公园还会结识朋友，像树一样的朋友……心里冒出这些话，只打了个滚，却没说出来。

女儿，心灵与物质，是人类文明进程中永远的纠结。万物互联成网，人心却越发孤独。救心更迫切了，而且，只能自救。有一首歌，《虫儿飞》，其中有句词：“不怕天黑，只怕心碎。”养心、修心、救心，比什么都要紧哇。

“世事沧桑心事定。”世事斑驳，如何？沧桑变幻，又如何？归根结蒂，靠心性。只要心性修炼到一定功夫，苦困就会离你远些，即使劫难降临，也能自救。“心是自医王。”

女儿，我们总算熬过来了。不过你要晓得，我们身上还有命运射中的暗箭，暗箭会渗出毒液来慢慢作怪的，我们还会疼，还要熬。但愿，最终熬到滴水成珠，也能说说这样的话：“哦，命运，你就随心所欲吧。”

去医院看病，刘灿康朝我看看，说，你又写作了吧？我大概气色打了折扣，逃不过名医眼睛。他告诉我，有个同事走了，发病仅仅个把月，半年前体检也没什么症候。接着又报了两个熟人的名字，全是说走就走的。其中一个，正在吃饭呢，头一歪就走了。

我听了惊心。塌方式的伤亡是最可怕的。死神掩袭而至，猝不及防，而留给人的倒计时只好用分秒来计算了。

临终是人生的谢幕，一场盛大演出的谢幕，应该从容甚至精彩才好，可那几位只得草草收场了。

灿康的信息，无意间给我敲了警钟。应该时刻准备着了。准备好了总比不准备好，早准备也比迟准备好吧。但愿准备过早，也不能准备太迟。而在我所有的准备中，列在前头的是什么？只要把前头的做好，也就坦然了。想来想去，列在前头的是把“度难手记”整理出来。

它大体算自传吧。

又想起日本平忠度的故事。在危难关头，他为身后留下自己的诗作而舍生忘死。

> 志贺旧都尽荒芜，
> 唯有山樱开若初。

尽管最终仅被编者从诗集中选出区区两句，但比起他生命的消失，毕竟留下了雪泥鸿爪。

普里什文写过多少名作？可他却认为，他的日记才是他最重要的作品。米开朗基罗，为文艺复兴奉献多少杰作？他年过八旬，想为自己的墓地创作《圣殇》，已经力不从心了，打算把它毁了呢。幸亏未毁，后人认为，它尽管不够完美，却重要。

假如把我的“度难手记”作为作品出版，必须整理，赶快整理。

私房钱也要趁早处置。

积聚私房钱，本想给自己暮年用的，用得自在点。可自从不幸降临，我就打算留给路路了。不过有时也纠结，留给路路，岂不亏待了建平？好在家中的“公款”在她那里，何况，路路的也等于她的，路路得了可能会交给她呢。然而，不希望如此。那点钱是我的心血和心意，为路路备荒的，用它洗涤我的负疚的。本想临终之前给路路，可临终也许只有一刹那呀。过早给她又不好……

私房钱的银行存单放在哪里呢？既要绝对秘密，又要能让路路容易拿到。不宜锁在书柜了。终于想到个妙处，把存单夹进《辞海》。那钱多是我一生煮字所得，也算适得其所呢，又蛮安全。即使小偷入室，哪偷《辞海》？家人查生字只用手机，不碰《辞海》的。但愿《辞海》的千万文字像千万大军守护我的私房钱。

我适时操作，知会路路。

每天下午三四点，一位护工推着坐在轮椅上的老人来到公园角落的空地上，帮助老人练行走。奇怪的是，那老人不仅戴礼帽、墨镜，还戴了雪白的手套和漆黑的大口罩。我散步路过，远远地瞥了一眼，只顾走我的路了。

昨天听说，那人是老方，他又“中”了。我大吃一惊，他可谓养生达人，为何不能避免二次中风？倘若是他，为何遮掩得严严实实来到公园？比起初次中风坐在轮椅上的谈笑风生，岂不是判若两人？

今朝，我特意去看看。他刚到，轮椅停在一棵树下。那树的叶子被风啃了个精光，剩下的寒枝像一具完整的鱼骨倒立在地上。他似乎朝它望了一眼，随即双手撑着拐棒缓缓起立，挣扎了四五分钟，身子像从轮椅上撕开，双脚这才在地上勉强站定。我仔细打量，真是老方啊。他弓着腰，上身跟地面几乎平行，且向前倾，好像用力拖拉身后的轮椅，而轮椅又像耕地的铁犁，就这样一点一点地朝前挪动。而且，总是左腿挪一步，右腿跟着挪一步，双脚站齐后，还是左腿先向前，身子重心始终落在左腿上。看来，他身子右侧“中”得重一些吧。紧跟其后的护工，眼睛盯着他，慢慢地推动轮椅，让他到了招架不了的时候，能够不偏不倚地坐到轮椅上。我打算去跟他说说话，可想想又放弃了。那漆黑的大口罩其实是则声明。

我只好远远地望着他。他到了最虚弱的时候，因而最讲自尊吧？他也许觉得，二次中风把他的方大师牌子砸了，也许听到有人嘲笑他，说他的二次中风是吃“套餐”……他太神气了，遭人嫉妒。脾气也大，得罪不少人。他会不会一气之下跟大家彻底分手呢？尽管他豁达，但豁达的人也有不豁达的时候。

忽然，风大了。我想离开又不忍离开，最好看到他练习完毕，于是不断用手捏捏那个叫风池的穴位，防止受寒。最终，我看他挪了不足三米，花二十分钟。

天沉下来了，斜阳被乌云咬破了似的，滴滴答答地淌满云缝。风朝我猛扑，我打了个哆嗦，裹紧衣裳，转身就走。那银杏的残叶刮掉了，水杉的残叶刮掉了，金黄的，暗红的，飞成漫天大雪似的，就连躲在墙角的枯叶也被风卷起来旋转，坠地，发出尖厉的响声，像嘶鸣又像抽泣，而刚从枝头脱落的法桐叶子，凌空嗖嗖舞，恰如劈风刀。

我越走越快，好像在替老方走，又像为了庆幸自己还能走。我越走越快。

手机来短信："谢谢你。"号码陌生，估计是老方的，他觉察我在远处看望他吗？我又惊又喜，立刻给他打电话，没人接，打了十几次，依然没人接。肯定是老方了。

我给他发条短信——尼采的一句狠话："所有杀不死我的，都会让我更强大。"

园中园的两张石凳正好空着，我坐下来。

老方第一次跟我交谈，教我按摩涌泉穴，说宽心的话，就坐在我左边的石凳上。此时无人坐，我也不希望有人坐。我呆呆地望着它。老方再也不会坐它了。

片刻，阳光从树叶的罅隙照在凳面上，光影像朵花，蜜黄色，六瓣。

夕阳西下，鸽子飞，偶尔从窗口掠过，还听得见拍击翅膀的声音，呼——呼——，越飞越快，好像要为黄昏洒尽全身沾满的霞光。

听说，饲养它们的人家快拆迁了，打算把它们放生。对于它们而言，是喜还是忧呢？也许是喜吧，但愿是喜吧。迎接它们的是更加辽阔的天空和更为自由的飞翔。

然而，我将失去空中的诗行。

老方不去公园了。养生圈冷了下来。以往，大门面离开公园会笑嘻嘻地说：两个钟头了，该走了。好像未尽兴，却不得不走。这两天玩不到四十分钟就跟我们拜拜。我有些失落，想做点什么，不能让圈子里的人气散尽。我能做点什么呢？我有小绝招：敲打手三里。老方也不会。敲打手三里的功效不比按摩足三里逊色，而且可以边走边敲。我把小绝招教会大家，也只热闹了十来分钟。

那天，看《活着为了叙述》，心头一亮，叙述多重要。马尔克斯的话——穿透了“百年孤独”，作为书名的重磅话，不信也得信哦。“生活不是活着的日子，是记住的日子”，而用文字叙述，显然是记住的方式之一。叙述过程还有益身心，也属养生吧。

前天读到一篇好文章，又似获天启。中国是重史之国。国史、方志、族谱、家乘……可薄弱的是个人传记。早在二十世纪的二三十年代，文豪们就为中国缺乏个人传记而抱憾了。胡适不仅率先垂范，还鼓动友人动笔。然而，即使到了当代，传记还不算繁荣，至于凡人的传记，恐怕还是荒原吧。由此想来，假如我倡导公园的朋友写自传，岂不另有意义呢？

更重要的是，我已经离不开公园了。没想到迁出公园二十年，公园成了我的大家了，甚至，还能作为我的“瓦尔登湖”——生活试验田。老托尔斯泰说，人过六十应该走进森林。为什么？无非因为人老了，弱了，需要感应生机、生气和生趣，给自己放生吧。森林是“生”林。我们没森林，公园有树林，树林能变快活林。而且，快活会放大，放大到一定功夫，似乎也能“飞”起来，哪怕只有一刹那，毕竟“飞”了呀。可能算“刹那主义”？看来，我们聚会，除了健身，再弄养心的，更能抱成团，一起“飞”。爱心托老院出了品牌：心灵茶吧。我们就在公园搞个什么“吧”，我必须做点事了，为大家，也为自己。

我少年时去惠丰扫盲，教扳鱼老人识字。如今引导大家写传记，不是升级了？呵呵，“上——水——来——了——”。

我先串联几个，鼓励他们写文章“记住日子”。可他们却笑道，你不是捉住狗子耕田？我们哪是舞文弄墨的料？我说，小学生就能用笔叙事了，用笔叙事像说话。“床前明月光，疑是地上霜”，李太白写诗不像说话？还是大白话呢。写文章不难，写好文章难，不过，不写哪能写得好呢？更何况，又不跟人比。写出来就是成功，写的过程像练功，而且，还称得上享受。一生的酸甜苦辣，在你回忆和书写的过程中会酿成“酒”的。何不尝尝自己的“酒”呢？

我又说，德国有句谚语，意思是一次不算。一次等于从未有过。照此想来，人只活一次，也不算，就像不曾活过呀。可是，人不能再活一次，目前不能，永远不能，这是上帝划的底线。人只能做点近乎再活一次的事，比如，为自己写回忆录，就在这个过程中，多多少少会有重生的感觉。

丁总动了心，还打了个比方。他说，我们学知了，老了蜕壳。那知了壳是它最终留下来的模样——也算“回忆录”吧。中医称它为蝉衣，能做药引治病呢。嘿嘿！

大门面叹道，孙子读初二了，连我名字也不晓得，更别说我一生的艰辛。我偶尔在吃饭时说说，只说到三五句就被岔开了。

有人嘀咕，回忆往事，斗大的馒头没法下口。我说，你既可以从你祖辈写起，也好从你出生写起，还可以列出一组题目，比如：平生最难忘的十件事、十位最难忘的人……有人忽然笑道，我的名字就有故事，我小名叫灯郎，是我老子在土地庙抢得头灯之后生的。我说，那你就从“头”写起。他倒有了兴致，再三说，写回忆录比修家谱好弄，人家还修家谱呢！

有人叹息，文章写不长，豆腐块，顶多像百页。我说，我写的手记也像豆腐块。不信，我下回带给你看。总之不拘形式，大诗人茨维塔耶娃，她写的回忆录被说成是“小说化的回忆录”呢。

我许了个愿，只要写出来，我不仅帮你们看，还打算向老板化缘，弄点钱，替你们印出来。他们问：印成书？我说，是啊。他们眼睛亮了，我们也出书？我说，是啊。我在姜堰遇到一位七十二岁的郑应松，没多少文化，居然写了一本《百年坡岭村》呢。你们写家史，写个人经历，有什么不能呢？（记好，明朝把那本《百年坡岭村》带到公园去给他们看看。）

假如，活着只剩下活着，多没劲啊，总归要有点意义。如果说意义通往终极，意思则在途中。那就觅点意思吧。所谓“养活一团春意思”，正是正是。

假如，茨威格说得不错：“谁描述了自己的一生，谁就是为所有的人而活着。”那岂不赚了？

唉，又有几个朋友走了。噩耗像骤雨从晴空砸在脸上，又惊又凉呵。回到家里，我老是叹气。建平说，不到一小时，叹了九次。

他们体质比我好。一位画家，从发病到离世，两个月吧。一位同乡，还天天练功，据说扛米上五楼是用不着歇的，竟也走了，说走就走了。其中的突然和潦草让我久久不能释怀。当然，也是预警，我们到了最危险的时候。那该做的能做的，做了吗？该放下能放下的，放下了吗？

蒙田说：“判断他人的一生时，我常常看他最后怎样。”

最后到了，最后难道还没到么？

如果说，把每天当作最后一天来过，未免有点夸张，紧张，甚至恐怖。然而，对于老人而言，把每年当作最后一年来过，并不过分啊。那么，眺望新的一年，它是河？江？还是海呢？它有风？雨？还是浪呢？

我整理手记，讲好我的故事。我公园的朋友也开始用笔讲自己的故事了。

想起那个古老的传说。国王要杀人，那人却说，我给你讲故事吧，于是就讲故事。讲到一千零一个故事，国王不杀人了。故事能救命。

徐老师特别想听我的故事，既可当作写作素材的积累，又是人生经验的补充。

我讲不出一千零一个故事，能讲一百零一个故事。一个人一个故事，几天或者十几天讲一次，得讲好几年。那未来的日子便多了一个节目，甚至，多了一个节日呢。

徐老师告诉我，心理专家说，一个人罹难，心灵创伤后应激障碍者的平均人数将近六十。这些人被称为PTSD患者。当年，切尔诺贝利核电站事故造成的猝亡者，也没有PTSD患者中伤亡的人多。一座城市有多少PTSD患者？我们曾经也是PTSD患者呀。她想搞个公众号，为困苦中的PTSD患者搭平台，互相扶助。她请我为公众号取名。我取《定风草》。她连发两个OK。她还请我参与。我说，你不晓得？我不上网呀，是“漏网之鱼”。她却说，我晓得。不过这一回，请君入网，呵呵。我说让我考虑一下吧。假如加盟，我用网名：曲池。

徐老师还指望我成为她的长篇小说的首位读者，而她要十年磨一剑呢，单凭这一点，我就该慢慢老了。我有个预感，我会被她写进小说的。那我为何不把她写进我的作品？果真如此，我俩的创作岂不成了二重奏？

我似乎被开采，被点燃，被激活了。

我们又在合欢树下聚了。大家先健身，还复习复习老方的苏东坡晃海。有的还用手拍脸。保洁员咧嘴大笑，她自从常在公园喝酸奶，得了个诨名叫酸奶。酸奶不拍脸，却用手拍那吸光了的酸奶盒，还说了句尖酸话：要练练哩，方大师神出鬼没的，说不定从重庆他儿子那块开飞机来看我们呢。

接着谈写作，各自说说正在写的和准备写的，一经交流，互有启发。不仅对写作有益，而且还让写作过程敞开来，放大了，个人的故事似乎成了大家共同的经历；而回望往事，又像重新活了一回。那个拉二胡的，人称二爷，竟写得激情燃烧，换了笔，学会了用电脑，写呀写，写出一条好汉呢。大门面摇头，咂咂嘴，似乎没兴致。丁总说，最初写了几个字，瞌睡来了，现在，写到伤心的，眼泪淌出来了。接着告诉大家，他在网上看到，有个叫姜淑梅的奶奶，六十岁才识字呢。老伴走了，心里空，学写作，八十岁出了一本书——《乱时候，穷时候》，吃香得很呢。

尤其欣喜的是，猴子也加入了写作群。自从我帮他申报“非遗”传承人，申报成了有钱拿，他对我言听计从。风传他跟那个胖奶奶是“整”的了，圈子里的人说得有枝有叶，颇多非议。不关事，我看重他的灵气。他不知在什么单位当了保安，今朝身穿保安服，腰间皮带正中插了一样东西，像插手枪似的，相当拉风。这家伙下手快，写了一段给我看。蛮好。我稍作修改，让大家欣赏。

我唱山歌是跟我父亲学的。我父亲是跟我爷爷学的。我爷爷唱山歌是我叔爷爷的死逼出来的啊。

我叔爷爷童年得了一种叫“锁口”的病，没治好，成了哑巴。他人高力大，耕田耙地样样精，因为是哑巴，又穷，人也老实，快三十了，没成家。

那年夏天，他去帮地主田老三做忙工。田老三的老婆骗他：你好好做，我把我家佣人毛丫头嫁给你。叔爷爷竟动了心。那几天一连阴雨，割在田里的麦子快烂了。有一天，天放晴。田老三老婆对叔爷爷说：哑巴，你在忙工中领个趟(头)吧，过了麦场，我让你办喜事。叔爷爷信以为真，领趟了，第一担挑18个麦把子，是平常的一倍半。其他忙工只好也把担子放放大，步子加快点。第二天，田老三老婆又对叔爷爷说：哑巴，你再出把劲，毛丫头就是你的了。接着还让毛丫头给他塞了三只热乎乎的鸡蛋。叔爷爷像发了疯，竟用两根扁担并起来，两根绳子合起来，一担挑起32个麦把子，可才走了几步，一跌，再也不曾爬起来……

我爷爷为他哭了几天几夜，病了一场。有一回，听见隔壁人家在练习“唱凤凰”，忽觉那唱也能当哭的，唱比哭响，也比哭痛快。于是就把叔爷爷的不幸用“唱凤凰”的调门试着哼，唱，又用山歌唱，没日没夜地唱，好像要把他哑巴兄弟的遭遇和一辈子没法说出的话通通唱出来。而且，还在歌唱中跟哑巴兄弟有问有答，哑巴也唱了，似乎复活了呢。这一唱啊，痛也是快哩。他不再萎头耷脑了。他后来成了“山歌王”……

仔细想来，人活在后代的血脉中是一种形式，人活在自己的叙述里又是一种形式。前者由上帝秘制，后者靠自己写作；前者属连绵不绝的化合反应，而后者则如花儿似的在笔墨间一朵朵盛开。

尊敬的马尔克斯，我写手记固然是叙述。现在，公园的哥们跟我一起叙述了。

尊敬的马尔克斯，在我国汉字里，“字”的本意就是生孩子。我们用文字叙述，天然意味着生，意味着活，甚至是新的“生”，新的“活”呢。

昨晚八点半，忽听固定电话响，有点吓人。亲友不遇急事大事，不会在此时来电话的。没想到是丁总打来的。他问靖江方言中的“踧”——炫耀的意思，能不能用走路晃动的那个踧？我说可以嘛，蛮传神呢。可心里却说，我快睡了，你来电话，不可以嘛。

过了几分钟，电话又响，大门面打来的。他本来不想写，看了猴子放样的文章，不服气，也写了一篇，等不及明朝给我看，竟在电话里大声读给我听，我只好听。哎，文章中不仅说自己的“光边”，也说自己的“毛边”。真诚啊，好得很！可是我睡不好啰。

我几天忙下来，太累了，眼睛睁不动了。

吃饭时，建平朝我脸上看，我怕被她看。她像医生读X光片似的盯着看，说，斑点又多了，深了。我说，老人斑，难免。她却说是辛苦斑，苦出来的。也许她说得不错，可我人萎了，听了刺耳，没作声，那盆特地为我清蒸的鲈鱼，我不曾去碰。

她恼了，索性爆料，问，你几点钟打早工？你四点半啊。我听了一愣，今朝我是早了点，不过，我轻手轻脚，一点响声也没有，她在隔壁房间还能觉察么？她朝我扫了一眼，说，你台灯一开，房门底下的缝缝里透出光来的，我看不见？她有监控呢。

唉，写手记只图一吐为快，给自己看的，难免毛糙，更何况人老了，笔也不听话了，病句错字像梅雨时节农田里的草，拔不尽似的。整理比写吃力，还不知能不能整理好？假如整理好，即使辛苦斑再多我也甘愿的。而所谓好，便是有一点文学价值，从叙述自己的经历中透出生活的真实，探索人生的真谛。我的写作目标，当然要比公园的朋友高些吧。不过我也劝自己，尽力而为吧。所谓文学价值，相对的，学张枣“用文字把自己藏起来”，学马尔克斯用文字叙述自己的“活”，争取在死神像空降兵那样突然降临之前，以文字重塑生命，才是顶要紧的。

心脏出现早搏了，过去也有过，感觉轻，偶尔来一下，最近要来就是一大串，怕了。医生说，最好的药是休息。我想休息，却休息不好。尽管不写不读，可有关写作的各种念头还会不由自主地冒出来，刹不住车了。不敢告诉建平。

今朝建平在我枕头底下发现两盒救心丸，晓得我有病情瞒着她，生气了。她以往生气，还会忙家务，此刻坐在沙发上一言不发，一动不动，那满脸的忧伤、无奈与委屈，我见了心里难受，似乎欺侮了她。她当然为我好。只有身体好，我才好；只有我好了，我们全家才会好。

当年，我们是以私奔走到一起的。那时我算文学青年了。

婚后几十年，我对文学的苦心追求，离不开她的苦心支撑。记得1984年，我去长春电影制片厂跟导演商谈电视剧的修改，正值严冬。她熬了两个通宵，替我织条厚厚的毛裤。为了支持我创作，四十五岁就退休。即使是写《幸福花决心要在尘土里开》时，我已近花甲，她也没抱怨，可如今我真的老了，又受伤，经不起劳神了。

我必须放弃写作，顺从她的意愿么？保重身体，争取共同多走几个年头，难道不对么？可是，除了安度晚年，是否还有同样值得向往的？古人说，“人生不得行胸臆，虽寿犹夭”。为什么要委屈胸臆呢？然而，其中的道理说得清么？即使说清了，人人都该信奉么？诚然，所谓行胸臆与保健康，也能兼得的，我何尝不想兼得呢？但偶有偏重甚至顾此失彼，实在难免啊。

建平，我可能走火入魔了，难以完全顺从你，也算“私奔”了。我对不起你。

夜色像潮水一样漫进屋子，无声无息，却又是浩浩荡荡的。最初抹去书橱里书脊的字迹和颜色，只有书橱门上的玻璃泛出一丝光来抵挡几个回合，但最终还是被它吞了。

一天就这样过去了。一年所剩的日子也不多了。而我一世的光阴还有几何？

有时觉得，生命是自己的。可有时又觉得，生命不仅属于自己，我也该为家人而活，岂能尽顾自己呢。

不过一想到自己，又想起那个最内在的自己—— 自我了。想起蒙田对于自我的珍惜与执守。他只愿把自己“借”出去，当然，更多的时候是不借，而即使借出去的，大概只是个“我”，而未必是自我吧。

我还在路上
以笔作旗帜　也当
拐棒

老方，你在重庆还好吗？我想跟你说说话，早点守岁，守守这个岁吧。

可是，拨你的电话为何不接呢？只听见“嘟——嘟——嘟——”穿山越水地响过来，响到第九次就响不动了，凝成的那种空茫，像块冰。

听说，你儿子出事，引发你二次中风，不知真假。我想不到什么办法来帮助你。人的困境，大多只能靠独自面对。你是个通透之人，你能面对的。你是独行侠！

媒体在炒“年度词”。我也选个“年度词”，就是你们（如今该称我们）圈子里的：“去他三百三！”

又见风筝，昨晚就看见了。我们这里正月才放风筝，以为贪玩的等不及呢。今晚又放了，风筝红彤彤，形状就像简笔画的心，不知用了什么材料，闪闪发光。我有些好奇，出门来到那块闲置多年的废墟，借着星光踏进去，在草丛里走，蹚水似的。只见那人站在当中放风筝，模样像老人，更好奇了。

走近细看，原来是泥团团。自从那次在他家看他为女儿过阴，再也不曾遇上他，常常听到他的心酸事，他凌晨驾车从我窗口经过的“哐当”一响，天天听得见，我已经听成“道人轻打五更钟”了。只见他瘦得颧骨凸出来，背也驼了。你好，我跟他招呼，他没作声。你好，我喊响一点，还打算问问那袋百元大钞的来龙去脉。可他依然没反应，眼睛瞟着天，也许，出于什么仪式的禁忌，不便跟我搭话吧。也许……

他手握摇柄线盘，控制风筝，倒是正儿八经的格式，而且有谱的，摇摇，停停，再摇摇，风筝忽高忽低，那隐约可见的线时升时降，像根通天的弦，奏出那种无声的节律，清妙而庄严。我看呆了。他好像变成另一个人。他是敬天还是祭女？他是祭女又是敬天？天地阴阳也能贯通么？

我慢慢静下心来，挪开几步，离他远一点，仰望那颗“心”。它似乎也是我的心了。他又像做个通灵的试验，发射一颗星，让它浮在天空，愿此岸彼岸的都能看见，甚至，变成彼此的眼睛，在年终岁底，互相眺望。唉，万万没想到，泥团团还有他的仪式。

回到家里，站在阳台，我又望一眼，忽觉那颗“心”在夜空的游弋，也是一种叙述吧。

我朝泥团团的方向鞠了一躬。

除夕黄昏，我独上五楼，把大大小小的灯通通揿亮，趁鞭炮轰鸣之前，弹钢琴。那琴键如同我的肋骨，摸摸，弹弹，只图奏出响声。

接着打开MP4，听《九月》，歌词是海子的诗。海子是大地之子，他的《九月》该指农历九月吧。我生于农历九月，我迷上《九月》了，它辽阔、苍凉而从容，特别是尾声，奇峰突起，那道白、重唱与合唱，仿佛也有我们的声音。我跟着哼：

远在远方的风比远方更远
我的琴声呜咽，泪水全无
我把这远方的远归还草原……

“咏而归”。